UNE SEMAINE ENTRE PARENTHESES

Danièle HEZARIFEND

UNE SEMAINE

ENTRE

PARENTHESES

Roman

© 2023, Danièle Hézarifend
Édition : BoD · Books on Demand GmbH,
In de Tarpen 42, 22848 Norderstedt (Allemagne)
Impression : Libri Plureos GmbH,
Friedensallee 273, 22763 Hamburg (Allemagne)

ISBN : 978-2-3225-3925-3
Dépôt légal : Décembre 2024

Après la priorité accordée à une vie familiale et professionnelle bien remplies, le rêve d'écriture de Danièle Hézarifend s'est concrétisé dans la rédaction de romans, de nouvelles et de contes.

Lauréate du prix de la Nouvelle de la ville de Yutz en 1994, elle a rédigé les Contes du Château de Malbrouck sur la trame et les illustrations de Claire Pelosato en 2003 et 2004. Par ailleurs, elle a participé à des ouvrages collectifs dans un cadre associatif littéraire.

Son premier roman *Au-delà des apparences* est paru en 2023.

Danièle Hézarifend réside à Metz.

I

Bientôt l'embranchement vers le Saint-Quentin… Changement de vitesse rageur, crissement d'embrayage.

Je serre les dents et ne parviens pas à contrôler ma respiration. J'ai la sensation d'émerger d'une prouesse sportive au-dessus de mes forces. C'est ridicule.

Dans ma tête se percute le tohu-bohu de la circulation tandis que me meurtrit le souvenir du sourire résigné de Bénédicte. Elle n'a pas quitté des yeux l'escalier d'où son papa aurait dû surgir. Le quai terne et encombré aurait alors pris des allures de décor cinématographique dont elle aurait été l'héroïne. Elle se serait jetée dans ses bras pour un dernier câlin plein de ce réconfort qui l'aurait rassurée.

N'as-tu pas compris que du haut de ses treize ans, elle vit ce départ avec plus d'inquiétude que d'excitation ? Bien sûr que nous avons eu raison de le décider afin de la familiariser avec l'anglais. Il n'empêche que de son côté c'est la crainte de sa maladresse dans cette langue qui domine. Scrupules de maman-poule me rétorqueras-tu. Il n'empêche que ton *petit bouchon* comptait sur toi.

- Embrasse papa pour moi !

Sur un grand signe de la main, elle a quitté la porte et rejoint le groupe tandis que le train s'ébranlait. J'ai dévalé l'escalier, poursuivie par le grincement des wagons.

C'est idiot, je te le concède. Alors que tristesse et abattement me gagnent, je sais que notre fille se joindra à l'excitation générale avant la fin du voyage et tournera la page. J'accuse le coup alors que je devrais être rôdée. Tu n'as probablement pas pu te soustraire à un impératif de dernière minute. La position hiérarchique à laquelle tu as accédé ne te permet ni d'abréger une séance de travail, ni de refuser une analyse urgente. A-t-on déjà vu un cadre supérieur faire état de scrupules familiaux ?

- Excusez-moi, Monsieur le Président, ma fille m'attend. Je l'accompagne à la gare pour son départ à l'étranger.

Inenvisageable. Et pourtant imaginons à son tour le Président Frémont s'autorisant à dire :

- Nous abrègerons la réunion. J'ai promis à mon fils de l'accompagner à la publication des résultats du bac.

Ou la secrétaire de direction, celle qui part après vous à des heures invraisemblables, osant annoncer :

- Mes jumeaux sont fiévreux, il faudrait que je quitte le bureau à dix-huit heures.

Des pavés dans la mare, autant dire la révolution !

Face à l'argumentaire de la politique de groupe, de l'obligatoire participation à un brainstorming commercial éminemment important, je devrais m'incliner comme je le fais constamment.

Il m'a semblé normal et, si je veux être honnête gratifiant, de relever le challenge de la conjugaison de nos vies professionnelles respectives avec une maisonnée de cinq enfants. Plus les tâches qui m'incombaient se multipliaient et plus je me suis ingéniée à les honorer.

Hier soir, quand tu m'as annoncé qu'il fallait annuler nos deux semaines en Grèce, tu n'as pas hésité. Tu comptais sur ma compréhension. Une étude à traiter d'urgence, le délai imposé par la Direction Générale, il n'y avait pas le choix. Je suis restée sans voix et n'ai pas fait de commentaire. Tu as pu croire que je m'inclinais. Ce matin, seule devant ma tasse de café, j'ai vraiment réalisé que mon sens des responsabilités s'était volatilisé.

Les contraintes de planning, je connais. J'ai moi aussi un patron à satisfaire, des dates de congé arrêtées et les journées avec des enfants ne sont pas ce que l'on peut qualifier de long fleuve tranquille. J'avais besoin de m'accorder un interlude d'insouciance en amoureux, de me gorger de soleil, de senteurs, de découvertes.

Madame l'épouse de ton Président me susurrerait de m'endurcir. Une véritable énigme que cette mondaine apprêtée, bouche soulignée de rouge flamboyant, chignon laqué et mains alourdies de bijoux ! Elle fait crédit en toute circonstance au discours de réussite de l'Entreprise, prône la nécessité du dévouement à sa cause et du soutien de ses caps. A-t-il existé dans le passé une lycéenne gaie et spontanée, une étudiante curieuse et pleine de rêves qu'un mariage aurait muselée en cette femme stéréotypée ?

Nous n'avions pas fait le choix de cette vie-là, nous nous en moquions et souhaitions y échapper. Insidieusement, nous avons peu à peu pactisé avec les paramètres incontournables du parcours professionnel qui s'est offert à toi. Où est l'époque où nous imaginions le monde en riant ? As-tu fait une croix, Philippe sur cette gaité à laquelle nous tenions tant ? A quoi rime de se plier à un scénario changeant inopinément pour des motivations subites, quitte à laisser par la suite choir le sujet ?

Où mon mari puise-t-il l'énergie de s'investir à chaque fois dans la mission que lui assigne sa hiérarchie ? J'ai conscience de la démesure de ma réaction. Cela ne me ressemble pas. Peut-être suis-je trop fatiguée pour remplir le rôle qui est censé me revenir ? Prendre du recul est devenu nécessaire. C'est pour cela que je misais tellement sur ces vacances.

Avec la force de l'habitude, j'ai suivi mon itinéraire. Les casernes montent la garde au bas du Saint-Quentin pour baliser ma route, et je distingue la maison. Elle retient mon regard avec sa façade blanche et sa toiture de tuiles rouges, ponctuée par l'accent circonflexe de l'avancée des combles. Je n'ai plus qu'à m'engager sur la route du Fort et enchaîner les trois premiers virages de la montée.

Il va me falloir rapidement changer de tenue pour me mettre au diapason du cocktail offert à l'Arsenal. Revêtir l'ensemble blanc à motifs marine, chausser les escarpins assortis, nouer mes cheveux, me redonner contenance d'une touche de blush et d'un trait de rouge à lèvres. Enfourner le gratin de courgettes préparé ce matin, en programmer la cuisson pour une heure de dîner tardive…

M'envelopper d'une vaporisation de Shalimar pour me rafistoler le moral.

Je l'imagine rentrant en trombe l'œil rivé à sa montre. Ce ne sera évidemment pas judicieux d'aborder le sujet. Je ne m'y hasarderais pas. Ce serait menacer la disponibilité d'esprit dont il va avoir besoin pour influencer les décideurs présents. Néanmoins, échanger sur la place faite à la sphère publique à côté de celle réservée à la famille s'avère indispensable. Même s'il semble désormais difficile de le mettre en pratique et justement à cause de cela. Il y a belle lurette qu'ils n'ont plus discuté des enjeux et que la gestion de la sphère privée m'incombe en toute exclusivité.

*

Contre toute attente, elle vire à gauche et traverse Moulins-Lès-Metz. Peu de circulation en cette fin d'après-midi de juillet, les feux sont au vert, elle suit cette trajectoire en automate. A-t-elle vraiment décidé cet évitement ? Bien qu'agir aussi déraisonnablement ne cadre guère avec son tempérament, une aspiration grandissante à faire le point balaye tout.

Rozérieulles puis la montée entre les bois. La fraîcheur pénètre par la vitre baissée et l'aide à s'apaiser. A hauteur de Gravelotte, un parking lui permet une halte. Elle est sonnée. Il s'agit de recouvrer un peu de sang froid pour décider de la suite. Elle pourrait encore tout modifier et arriver à l'heure au cocktail en zappant le crochet par leur domicile. Après tout, sa robe a du chic et son sac contient l'utile étui de rouge à lèvres… Un signal sonore discret lui notifie un texto. Elle s'aperçoit alors qu'elle en a reçu plusieurs. Un clic sur l'identification de Bénédicte lui confirme que son groupe a l'air cool, un second sur celle de Diane affiche une photo d'elle avec Rémi qu'elle a retrouvé pour un week-end à New-York. Il y a trois jours, Joséphine avait confirmé son atterrissage à Dublin et répété qu'elle n'allait pas passer son séjour à tenir ses parents au courant de tout et n'importe quoi. Quant à Benjamin, il tire des bords sur le voilier de son oncle en Méditerranée, pas de wifi.

Elle ouvre enfin le message laissé par Philippe.

- Chérie, je suis à la bourre. Je te retrouve dans le hall de l'Arsenal. A tout de suite !

Sa voix grave la chamboule et la sienne manque d'assurance quand elle s'enregistre.

- Philippe, je ne te rejoindrai pas ce soir. Tu n'auras qu'à invoquer une soi-disant obligation de conduire Bénédicte à Calais. Notre benjamine t'a attendu en vain. Je ne sais pas si tu comprendras et cela m'effraie. Mais j'aspire à me retrouver seule. Je suis fatiguée, à fleur de peau et je n'arrive pas à me ressaisir. Je ressens l'urgence de me soustraire à toute obligation.

Elle se tait puis conclue dans un souffle : « Je t'aime ».

*

Quand Pauline redémarre, elle se sent moins tendue. Elle a pris sa décision, elle en a fait part au principal intéressé. En ce qui concerne les enfants, il n'y a pas lieu de les informer de quoi que ce soit. Sur le plateau, son regard glisse sur les champs qui ondulent, rebondit sur la route qui dévide son ruban gris bleu. Pas de but à atteindre, il faudrait juste aboutir quelque part pour la nuit. L'odeur des céréales chauffées par le soleil envahit la voiture. Les tiges fléchissent sous le poids des épis lourds de leur maturité. Par touches les vagues dorées sont fendues par un joli ressac vert de jeunes maïs. Le calme environnant l'apaise et la route l'entraîne.

VENDREDI

Encore surréaliste et fou un instant auparavant, le ciel estompe comme à regret ses hallucinants tons heurtés. La lune, timide doublure nocturne du flamboyant soleil couchant, s'arrondit déjà, prête à distiller sa troublante lumière laiteuse.

Depuis près de deux heures la Smart verte a franchi aussi goulûment que possible les kilomètres en réponse aux pieds nerveux de sa conductrice. Une conduite qualifiée par ses proches de sportive en donne des hoquets à son véhicule... Les muscles font cause commune avec le moteur et la pression sur la pédale de l'accélérateur se relâche. Il s'avère urgent de se reconnecter à ce qui l'entoure.

Une borne affiche dix kilomètres jusqu'à Epernay. Alentour, les champs fraîchement fauchés entament des parties de dames avec leurs gros pions de foin parsemés ici et là. A l'horizon se profilent des collines striées de vignes qui se préparent à y introduire leur partition.

Ses réflexions personnelles n'ont cessé de malmener Pauline. Elle ne se reconnaît pas dans sa réaction actuelle. Tout chambouler n'entre pas dans son objectif, pas plus que cela n'y a figuré dans le passé. Elle a agi comme le joueur qui torpille une partie sur un geste d'humeur en renversant l'échiquier. Il va falloir que son mari et elle se repositionnent, face à face ou côte à côte. Les années les ont changés, les ont fait évoluer. Vouloir que son compagnon soit *comme avant* relève d'une utopie. Ne pas se perdre, cheminer ensemble, cela implique de construire constamment une dualité amoureuse en l'adaptant.

Le jour décline, une étape s'impose avant la nuit. Interrompant son monologue intérieur, elle remarque un panneau fiché dans le bas-côté qui signale un Relais château à la sortie d'Epernay. Tant qu'à déconnecter et bien que déraisonnable à souhait, l'opportunité de tordre le cou à ses scrupules l'emporte. Elle s'engage sur la départementale indiquée.

Des collines de bois et de prairies exhalent des senteurs champêtres en préliminaire à son arrivée à destination. Des potiches abondamment fleuries sont juchées sur les piliers qui encadrent le portail de la fameuse Briqueterie. Une allée bordée de buis mène à des bâtiments immaculés et se termine en cercle autour d'un massif de rosiers. La petite cylindrée couleur salade ne s'en laisse pas conter, accomplit son tour de parade et se gare sur le parking proche du bâtiment principal. Pauline croise les doigts pour qu'il reste une chambre, saisit son sac fourre-tout, mais stoppe son élan pour s'imprégner du lieu.

L'hôtel a fière allure, chapeauté d'une haute toiture pentue couleur brique, avec une avancée centrale et des lucarnes. Quelques rires assourdis parviennent d'un salon extérieur, sur le côté gauche du bâtiment. De confortables fauteuils d'osier y créent des coins propices aux apartés, sous la lumière discrète d'un éclairage au ras du sol. A son approche, une forme s'anime sur la dernière marche du perron puis se redresse vivement, bondissant à l'encontre d'une si tardive visiteuse. Un brin crispée, Pauline se rassérène en constatant que le colley a mis un frein à sa course en se rapprochant d'elle. Prudente, elle le salue de la voix mais évite de le caresser. Cela semble convenir au chien qui l'escorte sans même aboyer.

Elle pénètre dans le vestibule où la lueur d'un flambeau fait émerger de la pénombre un sourire mélancolique dans un visage sombre. Une statue de jeune esclave noir enturbanné d'or, la taille bien prise dans une large ceinture vive enroulée au-dessus d'un pantalon blanc bouffant, monte une garde vigilante au pied d'un escalier. Un délicat parfum provient d'un bouquet de roses anciennes posé sur un guéridon. Le grand miroir qui le surplombe lui renvoie le reflet d'une silhouette mince, d'un visage bien pâle aux traits tirés. S'il lui arrive d'être déroutée par son image, elle n'en conçoit aucune amertume. La vie a suivi son cours. C'est dans ses filles qu'elle trouve une continuité à sa féminité. Ce qui lui importe est d'être en accord avec l'espace-temps du monde où elle se retrouve avec Philippe.

- Bienvenue à la Briqueterie, madame, puis-je vous aider ?

- Bonsoir, vous devez vous douter que je l'espère. Auriez-vous une chambre pour cette nuit ?

- L'hôtel était complet, mais des clients viennent d'annuler leur réservation des deux prochains jours. Si cela vous agrée…

- C'est une aubaine ! Disons que je resterai jusqu'à dimanche dans ce cas.

- Ce sera la chambre Bouton d'or, troisième porte à droite de l'escalier indique la réceptionniste en remettant à Pauline une clef électronique.

« Quand je raconterai cela aux enfants » pense-t-elle, accoudée à la fenêtre d'une jolie pièce tapissée de lin jaune paille… Une moue fait suite à sa référence au *club des cinq*. Le fera-t-elle ? Rien n'est moins sûr. Si elle avance en mode amour, tendresse et confiance avec ses enfants, ils n'ont pas à servir de déversoir à ses états d'âme. Ce soir, c'est parce qu'elle est assurée qu'aucun d'eux ne l'attend qu'elle a osé agir aussi impulsivement. Elle n'a pas pris la route en mère de famille, en collaboratrice du Journal, même pas en épouse. C'est en face à face avec elle-même que le moment est venu de se positionner. Elle, Pauline.

A-t-elle jamais imaginé de se définir en dehors d'eux ? Bien sûr que non. Elle a toujours pris ses décisions en fonction des paramètres familiaux. L'idée que cela puisse exclure les siens propres ne l'avait jamais effleurée. Alors pourquoi s'insurger contre l'attitude de son mari particulièrement aujourd'hui ?

Où passe-t-il sa soirée ? A-t-il prolongé sa présence à l'Arsenal, faisant bonne figure dans le scénario de sa Compagnie. Lors de ces réceptions, chacun s'ingénie à endosser le rôle qu'on lui a attribué, en perpétue des duplications toutes faites dans le but d'entretenir l'adhésion des donneurs d'ordre potentiels. A l'oreille des non-initiés tenus poliment en retrait, ces agissements paraissent tellement artificiels !

- Me permettez-vous, chère madame, de vous retirer un instant votre époux ?

Et quelques pas plus loin cet interlocuteur aura glissé en aparté à l'oreille de ce dernier :

- Avez-vous étudié le dossier que je vous ai fait parvenir cet après-midi par votre secrétaire ? Schwartz m'a rappelé ce soir. Il sortait d'un rendez-vous avec Dubois et m'a donné des informations complémentaires. Nous pourrions les utiliser à notre avantage. Je voulais vous en toucher un mot.

De l'excitation dans la voix, le quidam développe les grandes lignes de son plan et baisse encore le ton pour conclure :

- Croyez-moi j'ai l'expérience, la manipulation ça me connaît, nous allons les piéger !

Jamais de conditionnel dans le langage des affaires, ses acteurs y croient ferme d'emblée.

Pauline se demande parfois si parmi les compagnes élégantes et discrètes qui papotent entre elles, aucune ne se hasarde à de l'espionnage industriel. Ce serait un jeu d'enfant, entre coupes de champagne et mignardises, de capter des renseignements à monnayer à la concurrence !

Philippe prônait l'indépendance d'esprit et elle admirait sa droiture intellectuelle, l'humanisme qui transparaissait dans tout son comportement. Celui qui passe en trombe dans leur quotidien depuis bientôt trois ans lui correspond de moins en moins. Se sent-il obligé, à son échelon, de rentrer dans le jeu des embrouilles du carriérisme ?

- Bon appétit et bonne nuit madame, lui souhaite une femme de chambre dont les pas menus donnent à son service un côté dansant.

La voyageuse s'attable devant l'assiette de carpaccio et les fruits, sous une gravure du Journal des Demoiselles, dernière mode de Paris. La mode d'il y a plus d'un siècle, cela va sans dire. L'incommodité de ces atours empesés la laisse perplexe. Comment profiter d'un après-midi de promenade dans une telle toilette ? Au dos d'une jupe presque droite arrivant aux chevilles, une sorte de pouf retenu par un gros nœud au bas des reins surmonte une cascade de volants tandis qu'un corsage ajusté dissimule une poitrine corsetée. Quelle époque !

Les femmes du vingt et unième siècle sont à des lieues de ces préoccupations et sa tenue d'aujourd'hui qui optait pour un décontracté chic fera encore bonne figure demain. Quant à un nécessaire de toilette, elle a fort heureusement gardé la manie de se déplacer partout avec ce que son mari appelle son *sac de survie* : mini-trousse avec échantillons de produits de soins et de maquillage permettant d'improviser un passage sans transition d'une journée de bureau à une sortie. Un bouquin, un bloc et bien entendu son ordi portable.

Requinquée par sa collation, elle repousse le plateau et extrait l'indispensable outil. Alors qu'elle s'apprête à pianoter sur les touches, un vertigineux kaléidoscope de souvenirs partagés défile.

En quelque sorte, c'est comme si Philippe avait de tout temps été inscrit dans son histoire. Un beau jour il avait été là. Copain de collège de ses cousins, il avait partagé des séjours chez leurs grands-parents, indissociable de leurs baignades dans le Doubs comme des pêches à la grenouille ou des balades à vélo. Lors de leurs premières boums, Luc, Paul et Charles avaient admis sans trop de mauvaise grâce que la jeune cousine qu'ils avaient initiée soit accaparée par lui. Pour les révisions du bac, il lui avait passé ses fiches, puis tous deux avaient trouvé naturel que leurs filières respectives les remettent en présence à Paris. Il l'avait entraînée à des conférences, lui avait fait explorer les bibliothèques, découvrir les soirées d'impro, les flâneries sur les bords de Seine, les troquets avec la bande de leurs copains. A eux deux, ils n'avaient cessé de colorer leurs rendez-vous et les avaient emplis de joie de vivre.

Elle installe son PC sur la console demi-lune. Ses doigts courent sur le clavier.

Philippe,

Ce soir j'ai suivi la route qui se présentait sans imaginer où elle me mènerait. Peu m'importait.
Il y a quelques heures, à la gare, ton absence a pesé trop lourd. Elle m'a anéantie. Cela peut te paraître idiot, mais je ne supportais pas l'idée de te rejoindre comme si de rien n'était. Il fallait absolument que je puisse réfléchir.
Si je m'étais retrouvée face à toi, je n'aurais pas été en mesure de formuler tout ce que je vais essayer de t'écrire. Te serais-tu d'ailleurs autorisé un entracte pour m'écouter ? Pressé, n'aurais-tu pas invoqué un coup de blues dû à la fatigue ?
Tu aurais eu raison sur ce point mais c'est plus que cela. Je suis lasse de dilapider des heures avec des interlocuteurs qui ne conçoivent leurs collaborateurs que comme des individus interchangeables pour les emplois à pourvoir. Je ne trouve pas de sens à gaspiller notre liberté dans des mondanités car cela équivaut à le soustraire aux moments forts en famille et entre amis. Nous y jouons alors des rôles très éloignés de notre réalité et cela m'insupporte. Je ne parviens pas à

en parler parce que tout va trop vite et qu'avancer à tout prix tend à devenir un principe.

Lorsque tu avais postulé à l'Agence d'Urbanisme, tu espérais donner libre cours à ta créativité, travailler avec toute une équipe au développement d'implantations novatrices et plus conviviales. Ce que nous n'avions pas envisagé c'est tout le relationnel instauré sur fonds d'intrigues.

Tu t'es adapté. Les études de projets accaparent tes journées, monopolisent tes pensées, nécessitent toute ton énergie. Quoi rêver de mieux que d'utiliser l'opportunité d'injecter dans les plans potentiels des théories pas encore mises en pratique ? Je comprends la passion que tu mets à remplir tes fonctions aux rênes d'un département en plein essor. Ne disions-nous pas que réussir ce que l'on entreprenait impliquait de s'investir à fond ?

Mais Philippe, quelles limites fixeras-tu au rôle que l'on t'assigne ? Ne vois-tu pas la prépondérance que prennent les ambitions de tous ordres, les compromissions que cela implique sous couvert d'aboutissement d'un marché ?

Le temps imparti t'est compté, ton rythme professionnel nous tient à l'écart. Les rencontres parents-profs, les inscriptions, les séchages de cours, les *urgences médicales relèvent dorénavant et exclusivement de ma responsabilité. Tu balayes mes inquiétudes en m'assurant qu'il s'agit d'une période transitoire, que cela s'allègera plus tard. J'endosse sans problème le rôle de suppléante mais tu es est irremplaçable dans notre coproduction familiale. Nos enfants font partie de notre existence, de la tienne autant que de la mienne. Ils ont besoin de te raconter leurs découvertes, leurs projets, d'entendre ton avis, de partager une soirée, une sortie. A force de ne pas te croiser, de repousser à plus tard, de faire comme si ça leur était égal, de se blinder, ils risquent de se détacher et de continuer sans toi. Ne me dis pas de relativiser les faits. Jusqu'à un certain point je me rangeais volontiers à cet avis. Il ne s'agit pas d'occuper tout leur univers. Ils n'en demandent de toute façon pas tant !*

Mais entre s'afficher omniprésent et se muer en fantôme, ne pourrait-on inventer un intermédiaire ?

Je t'en prie, arrête-toi une minute pour te rendre compte de cette attente et à quel point cela te manque aussi.

As-tu lu jusqu'ici ? Si tu n'as pas refermé ce mél sans rien y comprendre, le Philippe affairé et indisponible n'aliène pas complètement le nôtre...

En me coulant dans le processus auquel on t'oblige, j'aurais l'impression de te trahir, de saborder nos enthousiasmes, nos idées, notre amour. Ne risquerions-nous pas de devenir étrangers à nos quotidiens respectifs en suivant cette direction-là ?

Je sais au plus profond de moi que nos années écoulées sont irremplaçables, que le bonheur si joyeux d'exister en fonction de toi restera ineffaçable et idéal.

Imaginons que je sois allée à ta rencontre comme tu étais venu à la mienne en juillet 93…

Même lieu, même date, j'y serai, moi qui ne peux pas conclure autrement que par un je t'aime.

Pauline

SAMEDI

Des crissements de graviers accompagnent des aboiements excités entremêlés d'interpellations assourdies.

Pauline oscille entre une cotonneuse ignorance et l'urgence d'un réveil expéditif. Drôle d'heure pour un visiteur imprévu, accompagné d'un chien qui plus est... Elle glisse une jambe hors des draps, l'immobilise au contact d'un parquet lisse inattendu qu'elle explore de la pointe du pied. Elle se redresse, tâtonne à la droite du lit pour actionner l'interrupteur. En vain. Tirée du demi-sommeil dans lequel elle se complaisait, elle ouvre les yeux sur un plafond mouluré tranché d'une lame de soleil.

La gravure du Journal des Demoiselles, la console demi-lune, la chaise lyre, l'écran de son ordinateur... Les pièces du puzzle se raccordent. La montre-bracelet gardée à son poignet lui apporte une précision supplémentaire : il est déjà dix heures. Elle réintègre son histoire, là où, saoulée de pleurs, elle l'avait suspendue par un naufrage dans l'inconscience.

Ce n'est pas seulement dans les amours de collégiennes qu'on succombe à un de ces désespoirs démesurés propres à l'adolescence... A cette différence près qu'à seize ans, on en émerge avec une frimousse chiffonnée qui peut passer pour romantique alors qu'à la quarantaine bien sonnée, impossible de donner le change avec une mine défaite. Par chance, pas de Rémi qui, sans rien dire, l'embrasserait en passant un bras autour de ses épaules, pas de Diane et Joséphine fines mouches qui prendraient la direction des opérations, pas de Benjamin ou Bénédicte dont les regards vacilleraient d'inquiétude. Les rares fois où un coup dur avait mis en brèche l'incorrigible optimisme et l'inépuisable tonus qui lui sont naturels, le quintette avait pris le relais et suppléé.

Pour cette fois, il en va autrement. Une conjonction de circonstances fortuites l'a livrée à elle-même, mise dans une disponibilité inhabituelle. Elle ressent l'impression déconcertante de pénétrer dans un univers en marge du réel qui l'attire irrémédiablement. Rien de programmé et personne à qui devoir être attentive. Un seul à qui elle soit susceptible de manquer... Réellement ou pas tant que ça ? Pour obtenir cette réponse-là elle a pris le risque de rompre avec le rôle que toutes les femmes de sa famille ont honoré sans faillir, pour le meilleur et pour le pire !

Sa situation est enviable, elle ne le nie pas. Elle vit plutôt dans un convoitable meilleur, sans préoccupations matérielles, avec des enfants épatants et en pleine santé, un job qu'elle aime, un mari qui réussit...

Qui réussit mais ce qu'elle craint est qu'il s'éloigne. Les arrangements obligés influent-ils sans qu'il s'en rende compte sur son comportement ? Comment se fait-il qu'il n'en prenne pas conscience ? Est-ce à elle de le lui faire comprendre ou à elle de changer ? Il faut qu'elle relâche la pression pour voir plus clair et trouver leur voie pour cette étape de leur vie à deux. C'est ce qu'elle recherche et qu'elle espère.

Elle rejette la couette, bondit de son lit bien décidée à tirer parti de son break. Une fois les tentures tirées, l'éblouissante clarté estivale éclabousse sa chambre en jouant de toutes les nuances de jaune déclinées dans la décoration. De quoi chasser la déprime et renforcer l'envie de profiter des jours à venir !

Tandis que l'eau de la douche lui fouette le dos, voilà que ses pensées la ramènent à lui. La nouvelle démarche à présenter dans la semaine le confrontait inévitablement à un week-end peuplé de dossiers avec d'innombrables séquences de coups de fil à d'autres surhommes rompus à la stratégie directoriale. Elle culpabilise d'avoir réorganisé les rangements de la cuisine, ce qui va exposer son mari à des parties de cache-tampon pour se préparer un en-cas. Au quotidien elle remédie à ce genre d'écueil en répondant avec amusement à ses « Poppins à mon aide ». En experte du rangement du capharnaüm de l'étage des enfants, elle assortit des chaussettes unijambistes, déniche des rasoirs évadés dans leur salle de bains, récupère des revues qui ont vagabondé de mains en mains et dresse la table du petit-déjeuner comme par magie…

Pauline suppute son agacement, mais ne s'en tourmente pas. Ce n'est pas là qu'elle s'estime irremplaçable et n'a jamais souhaité ni le materner ni le rendre dépendant de ses façons d'organiser les choses. Sauf s'il la sollicite, elle n'influe pas sur ses goûts vestimentaires et si elle estime la chemise du jour discordante avec son pantalon, elle s'en amuse intérieurement autant que d'une expérimentation de l'une de ses filles. En ce qui concerne leur couple, la tactique a consisté en une répartition des attributions de chacun en fonction de ses compétences. C'était du moins l'idée de départ. Sauf qu'à bien la détailler, la liste a pris une fâcheuse tendance à s'étoffer unilatéralement…

La question qui la préoccupe vise à éclaircir la disposition d'esprit dans laquelle il est à son égard… Soucieux ? Furieux ? Incrédule ? Indifférent ? L'évocation de la dernière hypothèse la glace, fait naître en elle un début de panique. Quels termes a-t-elle utilisés dans son message téléphonique ? Elle y avait si peu réfléchi auparavant. Et dans son mail ? A-t-elle assez pesé ses mots ? N'a-t-elle pas été trop agressive pour lui formuler son désarroi et son besoin de vérité ? Dorénavant, elle n'a plus le choix, ce n'est pas le tout de s'être décidée à s'accorder une trêve, il convient d'en affronter les conséquences. Elle frissonne en s'enfouissant dans l'épais peignoir en éponge et se brosse les cheveux rageusement. Au jeu de la vérité, il arrive aussi qu'on paie cher la seule satisfaction de clarifier un point de vue.

« J'aime reconnaître ton écriture sur une enveloppe avant de l'ouvrir » disait-il à l'époque de leurs fiançailles, alors qu'il se morfondait à Toul sous l'uniforme, tandis qu'elle terminait ses études de journalisme à Paris. Elle aurait de beaucoup préféré lui écrire comme alors, avec stylo et papier, mais l'immédiateté de la transmission électronique l'a emporté sur le clin d'œil au passé. C'était plus sûr et plus rapide. Elle acceptait mal de le laisser dans l'incertitude.

Pauline ne s'attendait pas à bénéficier encore du service du matin alors que l'hôtesse souriante l'invite à passer au dehors où une petite table est dressée à son intention. Sous un grand tilleul odorant, tasse, soucoupe et théière en porcelaine blanche à motifs myosotis voisinent avec des coupelles de viennoiseries et de fruits de saison. Des touches de soleil dansent sur la percale amidonnée évoquant une toile de Renoir. De quoi s'improviser artiste dans le maniement des couverts d'argenterie et gommer tout scrupule de gourmandise en honorant brioche et pain au chocolat !

Elle a un peu honte que son chagrin puisse céder du terrain grâce à une dégustation… Elle se voudrait plus détachée de ces plaisirs de bouche, pourvue d'une sensibilité lamartinienne, mais le fait est que confrontée à un coup dur, elle commence par se remonter le moral à coups de fourchette ! Pas avec boulimie, du genre à engloutir n'importe quoi, non, le genre saumon fumé sur toasts ou meringue chantilly…

Le colley précédemment croisé dans le parc s'est couché sous la table voisine. Pauline a tout d'abord cru qu'il escomptait quelque largesse de la part des convives mais se rend très vite compte qu'il s'agit d'autre chose. Manifestement le chien ne s'abaisse pas à quémander. Le museau appuyé sur l'une de ses pattes, il fixe un pékinois qu'un couple chouchoute stupidement. Intriguée, elle observe le manège. L'un s'agite sans cesse, fait rouler ses yeux saillants, tressauter sa tête ronde au museau aplati ; la couleur exceptée, il a tout d'une miniature de dragon chinois de bazar. L'autre reste imperturbable, gardien de la sérénité des lieux... Mais alors qu'une fillette sautille au pied de la terrasse, le pékinois jappe hystériquement, saute de la chaise sur laquelle il trônait et dégringole les marches qui le séparent des mollets enfantins. Personne n'aura l'occasion de réagir, ni l'enfant de crier : d'une détente souple le colley s'est élancé, a saisi l'excité entre ses mâchoires, le déroute de sa trajectoire en le poussant dans la direction opposée et d'un aboiement impérieux lui intime le respect. L'agresseur, les oreilles et le toupet de queue en désordre, module un hululement dérisoire et se résigne à battre en retraite aux pieds de sa maîtresse outrée.

- Tu vois bien qu'il voulait s'amuser, lance celle-ci à l'enfant qui n'a fait ni une ni deux et a couru se réfugier auprès de ses parents.

Émoustillée par ce spectacle, Pauline quitte sa table avec entrain et décide de se rendre à Epernay. Il lui faut s'occuper de quelques achats de première urgence, le sac de survie n'apportant pas réponse à tout pour plusieurs jours. Une fine odeur de buis taillés l'escorte alors qu'elle emprunte l'allée menant au parking, discret rappel des jardins de la propriété familiale et des séances de cache-cache avec ses cousins. Dans le sous-bois, elle retrouve sa Smart bien poussiéreuse de l'épopée de la veille et se promet de lui redonner un aspect plus fringant avant d'envisager la suite de son échappée belle. Enfin belle, cela reste à vérifier…

Après quelques folies en boutique et des emplettes à Monoprix, elle accède à la place des Arcades, qu'elle découvre rebaptisée Bernard Stasi, rénovée et accueillante avec sa multitude de terrasses arborées. Délaissant l'ombrage très convoité, elle se dore au soleil, désaltérée par une limonade fraîche à souhait.

Une enseigne d'Institut attire son regard, la fait rêver de cette relaxation qu'elle n'a pas le loisir d'inscrire dans son quotidien. Au mieux, dans l'espoir de rafraichir une mine fripée, il lui arrive d'étaler un masque dont elle raccourcit la pose et se contente d'un fugace apaisement sans pouvoir en évaluer l'efficacité annoncée.

Une demi-heure plus tard, dans une cabine rose nuage, douillettement couverte d'un plaid en polaire, elle s'abandonne aux massages de l'esthéticienne. Les mains de celle-ci dansent de son visage à ses épaules, ses doigts se font légers pour courir sur ses pommettes et lisser le pourtour de ses yeux. Les lotions et les crèmes émettent de délicieux effluves parfumés. Qu'il serait bon de faire figurer ce délassement dans une *to do list* !

La jeune-fille qui la masse lui sourit, apporte de discrètes précisions sur les propriétés des onguents magiques qu'elle a choisis. Pauline ressent une proximité qui l'étonne, certaine de ne s'être jamais attardée dans cette ville et de n'y connaître personne dans ce domaine. Tout d'un coup, la ressemblance assez frappante avec Anne-Sophie lui saute aux yeux. Bien sûr c'est de cela qu'il s'agit, les yeux, le sourire et la silhouette de l'une de ses deux compagnes de chambre d'internat, devenues ses inséparables amies.

Autant qu'il a été possible, elles ont perpétué leur lien, faisant fi des kilomètres qui les séparaient pour s'associer à leurs mariages respectifs, aux anniversaires puis rassemblements familiaux les plus divers. Mais au fil des ans, leurs occupations ont accaparé chacune et leurs dernières retrouvailles fanent dans ses souvenirs.

Alors qu'elle infuse sous le brouillard d'ozone, elle culpabilise de n'avoir pas saisi les opportunités, en particulier de s'être bornée à des envois de cadeaux et de cartes postales en tant que marraine d'Aurélie, la plus jeune des deux filles de son amie. De la gracile poupée aux cheveux roux qui incarnait à ses yeux l'émouvante Cosette des

Misérables, l'adolescence avait sans nul doute changé la donne. Elle ne va tout de même pas attendre d'être invitée à son mariage pour renouer ! L'idée d'opérer un rattrapage des occasions manquées fait rapidement son chemin et lui parait couler de source.

Discrètement maquillée, totalement remise des dégâts engendrés par les larmes de la veille, Pauline roule sous le soleil écrasant de l'après-midi, toutes fenêtres ouvertes. Elle sourit en pensant aux chamailleries de Benjamin et Rémi qui se plaignent d'étouffer à l'arrière. Il faut bien dire que depuis qu'ils ont atteint leur taille adulte, ses aînés aux jambes interminables raillent son vaillant véhicule et le prétendent conçu pour transporter des nains. Serait-ce par condescendance que Rémi et Diane le lui emprunteraient pour leurs sorties ? Car sans ciller, dans le rôle du conducteur, ils font s'installer sur la banquette des copains qui ne ressemblent pas du tout à ceux de Blanche-Neige… Avec Joséphine et Bénédicte, c'est différent. Leurs statures s'accommodent encore aisément de l'habitacle parcimonieux.

Elles s'y glissent avec bonne humeur, ravies de s'y mettre à l'abri de la suprématie de parole de leurs aînés et baptisent cela se mettre sur « radio-pipelette ».

Après un contrôle, un lavage et un plein, la citadine est aussi fringante que sa conductrice et piafferait d'aise en empruntant la bifurcation pour regagner la Briqueterie si ses chevaux pouvaient s'exprimer. Une fois franchi le portail du parc que la bruine d'un arrosage automatique a rafraîchi, la quiétude enveloppe les arrivants. Les pelouses tondues en brosse, les haies taillées au cordeau bordant les allées ratissées, les chevelures ondulantes de pleureurs, la palette des parterres de rosiers, tout contribue à leur détente.

Des échos estompés de rires et de plongeons parviennent de la piscine qu'on devine derrière un rideau de cyprès qui la masque aux coups d'œil indiscrets. La baignade attendra, le plus urgent étant de se délester de ses achats et de contacter Anne-Sophie pour, elle l'espère, donner corps à sa semaine entre parenthèses.

Les persiennes ont été closes, laissant le choix entre climatisation et fraîcheur naturelle. Trois pêches blanches duveteuses sont disposées dans une coupelle en faïence de Moustiers. Pauline s'est délestée de ses nombreux achats et entame l'un des fruits juteux tout en faisant défiler le répertoire des contacts enregistrés dans son smartphone.

- Quelle merveilleuse idée ! Cela fait une éternité que nous ne nous sommes vues ! J'espère que tu auras un peu de temps à nous consacrer, nous aurons tant à nous dire. Aurélie va bondir de joie. Je dois toutefois te prévenir, il faudra composer avec un déjeuner familial prévu demain chez moi pour les soixante-quinze ans de Père. Tu te souviens du conformisme du Colonel ? Rien n'a changé, on ne mélange toujours pas famille et amis lors des évènements intimes, règle incontournable dans les codes de mes parents. Il serait donc préférable que tu n'arrives que vers trois heures.

Après un léger silence, Anne-Sophie ajoute :

- Tu sais, j'ai renoncé à un certain nombre de mes révoltes avec les années.

- Aucun problème, après avoir tant tardé, je ne vais pas chipoter, je te fais grâce du déjeuner ! Il serait malvenu de me formaliser alors que je me catapulte dans votre week-end ! Embrasse Aurélie et à demain !

Elle a raccroché depuis quelques minutes et reste encore le cœur battant la chamade sous l'emprise de la voix inscrite dans son cœur. Par la magie des intonations, en un coup de fil elle est immergée dans l'univers de leur jeunesse, les promenades bras dessus bras dessous du mercredi, les clins d'œil complices à l'énoncé d'une tôle attendue en physique, les fous rires du coucher, les inoubliables semaines d'été passées chez les parents de l'une ou l'autre, toujours toutes les trois ensemble.

Madame Mère et le Colonel, ainsi qu'Anne-Sophie les nommaient, constituaient une source inépuisable d'ébahissement pour ses amies. Née de Fourmentel, *madame Mère* avait épousé un brillant officier de la famille Duquesnay en un seul mot. Se priver de particule avait été au-dessus de ses forces, si bien qu'après le *Du* s'intercalait toujours une imperceptible reprise de respiration, comme un éternel soupir de regret, et le nom de jeune fille suivait, tel un effet de manche. Tout était à l'avenant. Aucune situation n'échappait à la pompe avec laquelle elle étayait son existence. Madame Duquesnay de Fourmentel était animée par l'impérieuse obligation de vivre comme si le monde se devait de ne pas changer. Elle y était parvenue puisque dans toutes les garnisons où s'était poursuivie la carrière de son mari, elle avait reconduit le mode de vie de sa famille à Neuilly : en vase clos, entre gens de leur monde. Avec une cuisinière aux fourneaux et une femme de chambre annonçant chaque repas d'un « Madame est servie »

Machinalement, elle extrait ses achats de leurs emballages, retire les étiquettes et traque les antivols si discrets qu'ils passent souvent inaperçus, suspend la robe rouge cerise dans la penderie, replie le jean, le cardigan en cashmere et les deux t-shirts qu'elle enfouit dans un sac polochon ainsi que divers articles de lingerie et de toilette. Elle dépose au-dessous de sa robe la paire de sandales à talons dont les couleurs s'harmonisent si joliment avec cette tenue qu'elle n'y a pas résisté. Un bikini qui aurait fait très bon effet sur les plages grecques, termine l'inventaire de ses folies. Elle s'est donné la bonne excuse des soldes saisonniers pour s'affranchir de tout scrupule sous le providentiel prétexte de *faire des affaires.*

Des trois livres qu'elle a dénichés, elle en dépose deux dans son bagage et garde le troisième qu'elle commencera sans attendre. Les lectures ininterrompues, cette joie profonde des amoureux des livres, sont un luxe dans son planning. Elle a pris l'habitude de grappiller des chapitres d'un ouvrage, des pages d'un autre, se nourrissant tant bien que mal de l'inépuisable manne des éditeurs.

Elle caresse la couverture de l'Exception, un roman d'Audur Ava Olafsdottir paru il y a quelques années, se réjouissant d'avance de sa découverte. Depuis la révélation qu'a représenté pour elle, comme pour beaucoup de lecteurs, Rosa candida, elle savoure en chacun des ouvrages de cette autrice les descriptions des paysages islandais, l'interaction de personnages atypiques et généreux mis en scène sans parti pris, le tout raconté avec délicatesse et une verve pleine d'humour.

Elle quitte sa chambre avec l'intention de se rafraîchir dans la piscine avant de faire bronzette sur un des bains de soleil qui trônent sur ses abords de pierre blonde. Pour l'heure, il lui faut admettre que ni l'un ni l'autre ne peut s'envisager à moins d'avoir un goût immodéré pour les gerbes d'eau et les cris de joie engendrés par les bombes de frères et sœurs qui se sont approprié le lieu. S'accommodant de ce contretemps, elle dirige ses pas vers le sous-bois. Un chemin y serpente pour mener à une clairière aménagée en salon naturel, qui lui fournit l'endroit rêvé pour s'immerger dans l'univers romanesque choisi.

IL N'Y A QUE TROIS PIEDS ENTRE LE CORBEAU et mon mari et au moment où celui-ci dénoue le fil de cuivre du bouchon de champagne, l'oiseau déploie ses ailes d'un noir d'encre sur la balustrade du balcon et prend son essor dans l'obscurité polaire.

Entrée en matière sibylline qui camoufle certainement l'annonce d'un contexte contrasté. Le corbeau inquiète, le champagne incline à la félicité…

- Pardonne-moi, mais je l'aime. Tu es la dernière femme de ma vie.

Bam ! Dès la deuxième page Maria se heurte à une réalité qu'elle n'avait ni imaginée ni devinée, l'homosexualité de son désormais ex qui vient de lui annoncer qu'il s'installait chez Floki, son meilleur ami à elle et la laissait gérer le quotidien avec leurs deux enfants jumeaux d'à peine trois ans. Pauline tourne les pages et les heures défilent sans qu'elle se détache du récit. Elle ne se trouve plus en Champagne mais en Islande, elle allume un feu dans le chalet en lisière du champ de lave, elle se fond dans le compagnonnage avec

Maria et perd la notion du temps et de son environnement.

Soudain son bouquin lui échappe des mains et glisse sur ses genoux. D'un coup de museau, le colley l'a repoussé en émettant un bref jappement. D'abord interloquée, elle lit l'heure à son bracelet-montre et suppose que l'animal accomplit le tour du parc pour battre le rappel des retardataires à l'approche du service du dîner. Elle n'en revient pas du panel de ses attributions, admirative du dressage accompli et encore plus du calme avec lequel il l'exécute. L'Exception sous le bras, elle quitte son refuge, précédée par le chien qui gagne bien avant elle le bâtiment à grandes foulées. Figé dans son éternité statuaire, le jeune esclave africain lui sourit. De légers cliquetis de couverts et de vaisselle lui confirment le début du dîner et de savoureuses odeurs avivent un appétit occulté par les péripéties de l'héroïne découverte au fil des pages parcourues.

Enfiler l'élégante robe rouge cerise qu'elle ceinture de noir, les fines sandales, ramener sa tresse en chignon enroulé sur la nuque ne lui prend guère plus de dix minutes. Un coup d'œil au miroir de la salle-de-bain la satisfait : les cinq maternités n'ont pas modifié sa silhouette que la coupe très ajustée de ce vêtement met en valeur. C'est donc d'un pas assuré qu'elle se laisse guider vers la table qui lui est attribuée. Les mets fins et savoureux qui figurent au menu enchantent le palais autant que le couvert raffiné dressé sur les nappes jaune d'or le font des regards. Bien que se sentant le cœur léger, Pauline se languit d'une présence qui aurait pu transformer ce repas en une inoubliable soirée. Philippe aurait pris tellement de plaisir à définir le vin approprié avec le sommelier et n'aurait certainement pas manqué de l'entraîner dans une promenade dans le sous-bois avant de regagner leur chambre en lui murmurant d'excitantes propositions à l'oreille.

Faute de quoi elle honore son rendez-vous de lectrice avec Maria et s'immerge en pleine tourmente sentimentale et existentielle.

DIMANCHE

Pauline a repris le volant direction Coulommiers. Du fait de la faible distance à parcourir, elle avait jugé inutile de précipiter son départ et s'était promis de savourer le confort offert par l'établissement. A son grand étonnement, c'est le service de petit-déjeuner qui a tenu lieu de réveille-matin et l'a tirée d'un profond sommeil. La fatigue accumulée était-elle si forte qu'une fois supprimés les garde-fous d'un emploi du temps minuté, elle ait glissé dans une quasi démesure de repos ?

Elle a fait durer la dégustation des brioches, fruits et fromage blanc en bouquinant puis elle a profité de la piscine pour quelques longueurs. Elle a franchi ensuite la porte de la salle de mise en forme et posé sa main sur la barre installée devant un grand miroir. Elle a enchaîné avec délice assouplissements et adages travaillés naguère et dont son corps lui restituait spontanément la mémoire. Ses pensées l'ont conduite à un rapprochement avec Bénédicte et ses rêves de jeune ballerine. L'implication de leur *souricette* les épatait et la mènerait peut-être bien à son but d'étoile de la danse. Son acceptation des exigences d'un parcours de danseuse était à l'image de la façon dont elle assumait les décisions que lui imposaient ses parents. A l'annonce de son séjour linguistique en Angleterre, elle avait dû abreuver son journal intime de feuillets mouillés de larmes. Une fois assimilé que c'était *pour son bien* elle s'était divertie des épopées comiques relatées par ses aînés et n'en avaient plus fait un cas d'espèce. Pour en revenir à la déception du quai, si elle était devenue un problème, c'était bien plus à son niveau à elle qu'à celui de sa fille.

Le tableau de bord marque treize heures trente. Alors que les tablées se garnissent pour déguster grillades au barbecue et salades mélangées, c'est un plaisir d'emprunter les départementales, de traverser des bourgs et des villages assoupis, d'alterner champs cultivés, vignobles crayeux et forêts domaniales. Cela tient de la géographie illustrée, sonore et odorante qui attise la curiosité tout en laissant le loisir d'assimiler. De ces leçons qui ne s'oublient pas. Lors des voyages avec les cinq, leurs pourquoi servaient de points de départ aux explications, généraient des arrêts pour examiner de plus près des éoliennes, pénétrer dans des monuments, arpenter des lieux de mémoire. Philippe avait le chic pour susciter les questions des plus jeunes et provoquer les raisonnements des aînés. Pour perpétuer le plaisir de ces voyages de la tribu, l'usage du break équipé de sièges complémentaires avait été prolongé jusqu'à l'extrême limite. Depuis deux ans un SUV plus en rapport avec les obligations professionnelles de son mari l'avait relayé. Bien sûr qu'il le fallait. N'empêche que depuis, c'est le tirage au sort pour se répartir entre l'imposante Volvo et l'insignifiante Twingo et c'est nettement moins festif !

Il est deux heures et demie lorsque Pauline atteint Coulommiers. Les boulevards ombragées l'incitent d'autant plus à s'y arrêter qu'elle tient à se conformer à l'horaire conseillé par Anne-Sophie. Un emplacement de parking se présente à elle et la voilà se régalant d'un café liégeois à une terrasse. Elle se sent bien, impatiente de revoir son amie et de redonner priorité à une part d'elle-même qui se rattache à leur passé commun.

Quand elle a commencé à échafauder ce projet, elle a cherché un présent à apporter à sa filleule, se demandant quelle adolescente elle allait découvrir. L'évolution est tellement imprévisible et rapide sous l'influence prédominante des copains qu'il est difficile de la deviner, d'autant qu'elle ne connaît pas plus ses habitudes que le mode de vie actuel de ses parents. Aurélie est-elle une *jeans-baskets* à l'instar de Joséphine, une *jupe-boots* à la façon de Diane ou une *caleçon-ballerines* comme Bénédicte ? Cette diversité des styles possibles l'avait conduite à abandonner le registre fringues pour lequel il lui manquait de surcroît la taille, à écarter bouquins et CD qui encouraient le risque du doublon. Elle avait opté pour un stylo. Anne-Sophie y verrait à coup sûr un clin d'œil, la réédition d'une

triplette de leur inséparable trio. A l'aube du départ de chacune loin de leur univers de pensionnaires, elles s'étaient toutes réunies une fois encore chez *madame Mère* et le Colonel et chacune avait extrait de sa poche deux paquets étroits. Elles les avaient échangés en ajoutant conjointement :
- Pour que tu continues à me donner de tes nouvelles.

Déjà amusées par la ressemblance de leurs six paquets, elles avaient déballé six stylos de laque identiques et un fantastique fou rire avait balayé le désarroi de la séparation. L'unique libraire du coin avait dû liquider son stock en quarante-huit heures et trois achats !

Leurs mariages respectifs s'étaient succédés et les avaient rassemblées, les emménagements des uns et des autres avaient suivi, prétextes tout trouvés à de joyeuses pendaisons de crémaillères. Chacun donnait un coup de main et Pierre-Henri lui-même, conformiste par transmission familiale et réservé par éducation, ne se formalisait plus de ces envahissements et s'amusait de leur humour potache. Il s'était même mué comme les autres papas en raconteur d'histoire lorsque venait son tour de coucher leurs premiers petits respectifs. Au fil des années et des nominations, leurs correspondances s'étaient espacées, leurs retrouvailles raréfiées, n'annulant jamais cependant leur solidarité. Pauline se souvient encore avec émotion de l'année où son hospitalisation d'urgence pour péritonite en plein mois d'août avait mis Philippe dans une situation compliquée que l'arrivée en renfort d'Anne-Sophie et Aude avait transformée en opportunité. Non seulement leurs cinq enfants n'avaient pas été dispersés, mais en compagnie des filles de l'une et des garçons de l'autre, ils avaient passé leurs journées à construire des cabanes, monter des scénarios d'aventuriers, enchaîner de folles après-midi de cache-cache ou de jeux de société. Et ses deux amies s'étaient si bien organisées qu'elles avaient même alterné les visites à son chevet.

Au cours de la dernière décennie, les occasions de ce type ne s'étaient pas présentées. Ce qu'elle est tentée de qualifier de *vraie vie adulte* avait pris le dessus. Mutation en Martinique pour Aude et Jean-Michel, transmission de l'Etude paternelle à Pierre-Henri suivie de sa victoire aux élections municipales, moindre mobilité de leur nombreuse famille conjuguée avec son investissement de journaliste, chaque couple avait mis la priorité sur ses obligations. Pas satisfaisant, mais inévitable.

Pauline s'en veut d'avoir laissé s'instaurer cet éloignement. Leurs liens lui sont précieux, d'autant qu'avec des amis de jeunesse, on ne triche pas. Eux ne se formalisent pas, ils font la synthèse de ce que l'on a été et de ce que l'on est devenu. On peut leur livrer le fond de sa pensée sans qu'ils la jugent, la compléter ensuite sans qu'ils s'en inquiètent. Avec eux, on se donne le droit d'être dans le doute, évolutif, peut-être parce qu'on n'a pas d'enjeu social, familial ou professionnel.

Elle reprend le volant avec résolution, retrouve spontanément l'itinéraire à suivre direction Rozay-en-Brie. Après quelques kilomètres de bois, au milieu d'un grand champ, elle distingue les abris pour la chasse à l'affût. Chaque fois qu'ils étaient venus en famille, ces *maisons des petits cochons,* ainsi qu'ils les avaient baptisées, signalaient leur arrivée imminente.

Portail blanc éclatant enserré dans les hauts murs propres aux maisons qui se cachent pour des questions de sécurité, communication à distance par interphone, cour dallée soigneusement balayée permettant un stationnement aisé : la gentilhommière a pris du galon en douze ans ! Elle était déjà belle et typée par son premier étage à colombages et une haute toiture de tuiles à l'ancienne. Une avancée de bâtiment, décentrée par rapport à la façade, faisait penser à une tour carrée et lui donnait une allure de manoir. Aujourd'hui la perfection de son aménagement engendre une indéfinissable sensation de réserve. Plus trace de fantaisie, pas l'ombre d'un objet abandonné, rien d'improvisé avec les moyens du bord. « J'ai renoncé à un certain nombre de mes révoltes » avait confié son amie au téléphone. Une position d'épouse de notable lui aurait-elle imposé d'inévitables critères de respectabilité et eu raison de son impétuosité ?

Alors qu'elle claquait la portière, la porte d'entrée s'est ouverte. Une silhouette menue en corsage à col Claudine et jupe au genou, aux longs cheveux auburn maintenus par un serre-tête, apparaît.

- Maman te demande de l'excuser. Elle apportait le gâteau avec les bougies déjà allumées et m'a envoyée t'accueillir.

- Aurélie ! Vite des baisers, ma puce !

Les pommettes rosissant dans son petit visage ardent aux grands yeux foncés, l'adolescente dénoue enfin ses mains, maintenues dans son dos jusque-là.

- Je suis tellement contente de te voir, confie-t-elle une fois entourée des bras de Pauline.

- Ma petite chérie, je me demande bien laquelle des deux peut prétendre à l'être le plus !

Elle la taquine, émue de se trouver face à la petite Cosette de ses souvenirs, d'autant plus attendrissante qu'elle s'affichait très volontaire. Pourquoi a-t-elle donc tant de retenue ? Elle garde cette question pour elle, sachant combien il est agaçant d'être comparé, mais la ressemblance avec l'Anne-Sophie de sa première rentrée scolaire de pensionnaire lui saute aux yeux. Elle retrouve les mêmes traits délicats contrastant avec une forte ligne de sourcils et un regard qui pouvait être flamboyant. Sa mère avait ainsi le don de torpiller qui lui déplaisait lorsqu'elle le toisait avec condescendance.

- Laissons mes bagages. Je viendrai les chercher plus tard. Allons rejoindre ta famille. Il ne faut pas perturber le cérémonial du gâteau d'anniversaire. Suis-je assez présentable ?

Pauline a choisi de porter à nouveau sa robe cerise, l'accompagnant des nu-pieds, plus adaptés à la conduite que les sandales à talons.

- Oh oui, répond Aurélie avec un coup d'œil admiratif qui manque totalement d'impartialité mais fait incontestablement plaisir à sa destinataire.

Une fois franchi le seuil, le cadre lui est familier bien que des embellissements soient intervenus, tels que le remplacement des tomettes par de larges dalles coquille d'œuf, la présence d'un vieux banc d'église et une niche aménagée pour une statuette de femme à l'enfant.

- Pauline, quel bonheur que tu viennes jusqu'à nous ! J'avais bien cru comprendre au téléphone que Philippe ne serait pas avec toi… J'espère que tout va bien en ce qui le concerne. Oui ? Tu me raconteras. Mais entre, mes parents sont enchantés de te revoir !

Anne-Sophie, très élégante dans une robe chemisier de soie rose pâle, une raie médiane partageant ses cheveux ramenés en un lourd chignon dans la nuque, impeccablement maquillée malgré la chaleur, l'entraîne vers la salle-à-manger où la famille entoure l'aïeul dont Pierre-Henri découpe le gâteau.

Après avoir salué chacun et ajouté discrètement une boîte de havanes aux présents familiaux, Pauline s'assied au côté de monsieur Duquesnay. Si *Madame Mère* et le

Colonel sont restés tels que dans ses souvenirs, très soignés, chevelures à peine grisonnantes, leur gendre par contre a laissé derrière lui sa svelte tournure de champion de tennis et opté pour le crâne rasé. Il donne l'impression d'avoir endossé l'apparence qui lui était destinée. La précédente ne lui a tenu lieu que de laissez-passer dans sa jeunesse. Il était né pour être respectable...

Il est du reste conscient de l'être. C'est lui qui a la parole et la monopolise. Il s'attend à être écouté. Ses propos s'adressent à son beau-père et au fiancé de sa fille aînée Clémence, un dénommé Hubert de Brême (en deux mots, lui a soufflé son amie en retenant un sourire) et ne supporteraient pas la contestation. Les deux jeunes gens sont sûrs de leurs raisonnements, en brillants élèves de Sciences-Po Paris qu'ils sont. La fillette trop sage dont elle a gardé le souvenir s'incarne en une jeune femme lisse, au parler maîtrisé. Entre les parents d'Anne-Sophie, à l'exquise courtoisie d'une époque révolue et ces jeunes gens tellement conventionnels, installés dans un monde de privilèges, Pauline se sent plongée en plein surréalisme. Comment peut-on avoir vingt ans et être à ce point éloignés d'un monde tellement chahuté ?

Elle se prête malgré cela de bonne grâce à l'évocation des inséparables pensionnaires que brosse maintenant madame Duquesnay et le Colonel, tandis que Clémence et Aurélie servent le café sur la terrasse. Parallèlement se juxtapose dans sa mémoire la promesse qu'elles s'étaient faite de se dire sans détour la vérité si l'une ou l'autre changeait, se *rangeait* trop et oubliait leurs aspirations. Que subsiste-t-il des grandes idées, objets de discussions sans fin ? Où en est la réalisation des destins qu'elles s'inventaient ? D'elles trois, Anne-Sophie était la plus intransigeante, revendiquait le droit d'expression des femmes. Elle se positionnait en chef de file chaque fois que les circonstances le nécessitaient à l'internat, comme ce jour mémorable où toutes les terminales avaient refusé de participer à la kermesse de fin d'année pour protester contre le renvoi d'une des leurs enceinte...

Est-il possible qu'elle soit devenue la femme sophistiquée et rangée dont elle adopte l'apparence ? Changer à ce point en dix ans paraît invraisemblable. Elle n'a pourtant émis aucune idée personnelle, elle est restée en retrait des positions ultra conservatrices édictées par ces messieurs, indifférente, comme en marge...

L'après-midi est déjà fort entamé lorsque les septuagénaires quittent la propriété de leur fille. Le jeune couple décide de mettre à profit la fin de l'après-midi pour échanger quelques balles au tennis tout proche. Pierre-Henri et Anne-Sophie se retirent dans la bibliothèque pour régler les ultimes détails d'une réception qu'ils organisent deux jours plus tard. Ils n'ont eu de cesse de parvenir à convaincre leur amie d'y prendre part.

- Je n'ai rien à me mettre, a-t-elle vainement protesté.

- Tu essaieras ma robe en mousseline imprimée et celle en soie sauvage. Je suis sûre qu'elles t'iront sans qu'il soit nécessaire d'y faire une retouche.

Pauline n'a pu que s'incliner, les laissant à leur plan de table à remanier. Aurélie l'accompagne à sa voiture pour y prendre son sac de voyage et la conduire à sa chambre. Tout à fait plaisante comme elle s'y attendait, optant pour une ambiance de style nordique gustavien, en une palette de blanc et bleu. Elle dépose sa trousse de toilette dans la salle de bains attenante et a vite fait de caser ses vêtements dans les tiroirs de la commode.

Sa filleule, qui s'était discrètement éclipsée, frappe à la porte pour lui proposer un tour de parc.

- Tu dois y avoir quelques cachettes que je serai ravie de découvrir. Tiens, un petit cadeau pour toi. C'est bien peu de choses, tu sais. J'ai tâtonné pour dénicher ce qui pourrait te plaire.

Après avoir dénoué promptement le bolduc et déplié sans le déchirer le papier doré, Aurélie, médusée, suspend son geste en découvrant le contenu du coffret, trahissant une émotion à laquelle Pauline ne s'attendait pas.

- Comme ceux de maman, murmure-t-elle de sa voix au timbre voilé. Elle en a toujours un dans son sac et l'autre dans son secrétaire. Elle m'en a tant de fois raconté l'histoire ! D'ailleurs elle n'en a jamais voulu d'autre. Merci, marraine ! Je vais le déposer dans ma chambre. Veux-tu la voir ?

C'est une grande pièce meublée d'un lit colonial à baldaquin, d'un bureau et d'un chiffonnier. Une pièce où rien ne traîne. Où il semble impensable que quoi que ce soit puisse ne pas être à une place qui ne soit prévue.

- Une salle de bains a été installée entre la chambre de Clémence et la mienne, commente Aurélie en ouvrant la porte d'une sorte de boudoir de toilette, carrelé de blanc à motifs floraux verts, dans lequel se font face deux lavabos rétro avec robinets à ailettes surmontés de hauts miroirs tandis qu'une baignoire placée en épi tient lieu de ligne de démarcation.

- Très joli, admire Pauline qui, tout de même, voit mal une enfant de quatorze ans à l'aise dans un décor qui exclut à ce point improvisation et spontanéité. Jeter au sol un cartable en rentrant du lycée, punaiser des posters, ses photos préférées, échanger des secrets à plat ventre sur sa couette y serait parfaitement incongru !

L'adolescente ne dit rien. Seule une petite moue laisse supposer qu'elle n'a rien pu choisir de ce qui les environne.

Les interrogations assaillent la visiteuse. Serait-il possible de sortir de l'enfance sans turbulence, sans tâtonner dans la quête de sa propre conception du monde ? C'est apparemment le chemin qu'a suivi Clémence en endossant l'esprit conservateur de son père. Chez Aurélie, elle perçoit une sensibilité, un détachement dans lesquels elle espère décrypter des aptitudes à l'éveil et à la découverte. Il serait tellement dommage de ne pas déceler en l'une des filles la dynamique et l'esprit contestataire de son amie. Sa réaction lors du déballage du stylo témoigne du partage d'épisodes du passé avec sa mère. En s'associant un peu à son quotidien, elle se promet d'être à l'écoute et d'effriter la retenue d'une enfant apparemment rôdée à cela.

- Raconte-moi ce que devient Joséphine, s'il-te-plaît Marraine. Je me souviens que nous avions beaucoup ri avant de nous endormir, quand vous étiez venus pour ma communion. J'avais bien failli être punie ! Est-ce qu'elle joue toujours de la flûte traversière ? Et la petite Bénédicte ? Tu m'avais écrit qu'elle adorait la danse, est-ce qu'elle continue ? Et Benjamin, toujours le violon comme moi ? Et Rémi et Diane ? Ils n'arrêtaient pas de nous taquiner ! Raconte-moi !

- Heureusement que nous avons du temps devant nous. Tu dois te souvenir que je suis intarissable quand je parle des cinq. Tu l'auras voulu !

Et de lui dépeindre Joséphine, à contre-courant de la mode des cheveux longs et lisses avec ses boucles courtes, qui est à l'affût de tout et le rapporte avec drôlerie. Parler de Benjamin revient à évoquer une copie physique de son père au même âge, mais cela, elle le garde pour elle. Le rêveur de la bande affichait des convictions écolo qui l'avaient tant polarisé sur la sauvegarde des forêts et la survie des baleines qu'il avait fallu le recentrer sur la sienne au lycée, au prix d'un redoublement. Joséphine s'était alors retrouvée dans la même section que son frère, pour le plus grand plaisir des deux. Ils avaient mis au point une ingénieuse répartition de leurs efforts, optimisant au mieux charge de travail et résultats… Pauline parle ensuite des aînés. Rémi, si gai et fantaisiste, chaleureux comme la couleur caramel qui fond dans ses yeux et illumine ses cheveux bouclés, se révèle époustouflant au saxo et passionné par ses études d'architecture, la tête bourrée de plans sur les salles-de-concert du futur. Et puis elle évoque Diane avec tendresse, sa *grande* très organisée, dévouée et réfléchie, qui s'est tout naturellement orientée vers des études d'infirmière.

- Par contre, figure-toi qu'elle a estimé nécessaire de couper ses longs cheveux blonds de petite sirène, comme l'appelait souvent Philippe. Tu peux me croire, aucun de nous n'a jamais produit un effet comparable à celui qu'elle a déclenché en arrivant à table ce jour-là ! Ses frères étaient médusés ! D'après elle, ce sera plus commode et hygiénique. En tout cas, si elle souhaitait que l'on pose sur elle un regard différent, je peux te dire qu'elle a réussi !

Elle finit par l'évocation de Bénédicte aux yeux rêveurs, dont le strict chignon de danseuse a marqué l'inscription au collège jumelé avec le Conservatoire et qui affiche son rêve de figurer au nombre des danseurs de l'Opéra. Pas moins…

Leur promenade entre les bosquets puis le long de l'immense pelouse a mené Pauline et sa filleule à un petit étang. Aurélie fixe une barque rouge amarrée à un ponton de bois.

- Tu te souvenais de l'île, marraine ? Nous pourrions y faire un tour demain, si tu veux. Je dis demain parce qu'il vaudrait mieux être à l'aise. Là, tu es bien trop chic.

- Ne t'inquiète pas, j'enfilerai mon jean et ce sera très volontiers.

- Si cela ne t'ennuie pas, il serait préférable que papa n'en sache rien. Il prétend que ce n'est plus de mon âge de jouer les robinsons, que je perds mon temps et que je ferais mieux de travailler mes maths et mon anglais. A la limite mon violon ! A se demander s'il a jamais eu quatorze ans !

D'une petite voix elle ajoute :

- Tu comprends, je n'aime pas qu'il se fâche. Mais il est tellement exigeant ! Ma cabane n'est plus mon terrain de jeu, j'y emporte un bouquin ou mon carnet de croquis et j'y suis bien. Ce n'est pas si difficile à comprendre !

Sans faire aucun commentaire, Pauline choisit de se taire. Elle ne comprend que trop bien ce besoin d'évasion d'un univers où tout semble devoir être raisonné !

LUNDI

Trois coups légers frappés à la porte interrompent l'hésitation de Pauline quant à sa tenue. Jeans ou sage jupe droite avec t-shirt assorti ? D'après ce qu'elle a perçu du contexte Lesquendieu, la deuxième solution serait plus en conformité, bien que cela dépende du programme de la journée…
- Hello Pauline, c'est moi !

Ce dernier petit mot intentionnellement accentué retentit comme un coup de cymbale prolongé de vibrations chaudes.

Les yeux rieurs, sans maquillage, noyée dans un t-shirt over size, aux antipodes de la copie-conforme madame Figaro d'hier, Anne-Sophie a les bras encombrés d'un plateau bien garni. Elle esquisse une courbette en le déposant sur le lit, rattrape de justesse sa longue tresse pour lui épargner l'atterrissage dans la confiture des tartines et claironne :
- Madame est servie !

Puis elle met fin à toute équivoque :

- Place à Sophie ! Pierre-Henri ne rentre pas pour le déjeuner, Clémence est chez son fiancé, Aurélie participe à une compétition de tennis jusqu'en milieu d'après-midi. Au fait, j'espère que tu aimes toujours le chocolat chaud.

- Alors là... Tu en joues encore ! Anne-la-raisonnable et Sophie-la-fantaisiste, l'une pour les parents et l'autre pour les amies ! Quelle comédienne !

- Avoue que tu n'es pas fâchée de voir resurgir la deuxième ! A voir la tête que tu faisais hier, j'aurais pourtant parié que cela te soulagerait...

- Mademoiselle, nous ne sommes pas au théâtre ici !

Un même fou-rire les saisit à l'immanquable slogan de la surveillante de leur étage à l'internat. Puis, médusée d'avoir donné dans le panneau et pleine de perplexité, Pauline laisse fuser des reproches.

- Mais pourquoi m'avoir englobée dans ton public ? Tu aurais pu me mettre dans le coup ! Devant tes parents passe encore, mais après leur départ ? Je ne comprends pas ! Tu avais réussi à concilier Anne et Sophie durant les premières années de ton mariage. Que s'est-il passé ? Tu m'inquiètes à la fin !

- Pardon, pardon, Pauline ! Crois-moi ce n'est pas si simple. Je n'use pas aussi spontanément que tu pourrais le croire de cette dualité. Je crains d'en mélanger les registres et j'ai joué si légèrement de l'un que tu n'as, semble-t-il, perçu que l'autre. Je te promets de te donner le pourquoi du comment. Mais une chose après l'autre. Le chocolat mérite d'être bu bien chaud, même en été, et ne me dis pas que tu n'as pas faim, je ne te croirai pas !

Assise en tailleur sur le lit, l'invitée se remet de sa surprise. Déroutée d'avoir pu croire à la disparition de Sophie-Anne et mise en joie par l'effacement d'Anne-Sophie, elle s'essaye à une moue furieuse mais ne résiste pas à la succession de mimiques chaplinesques utilisées en vis-à-vis. Regards intrigués autant que soulagés se croisent au-dessus des tasses. Dans le contexte bridé du jour précédent, elle avait tellement craint la disparition de la gaîté et de l'affectueuse spontanéité qui nourrissaient leur amitié qu'elle n'ose encore laisser place au soulagement... Quels bouleversements ont bien pu se produire dont elle n'ait pas eu connaissance ?

Avant même d'avoir dégluti sa première bouchée, Pauline s'exclame :

- Cette saveur acidulée et sucrée à la fois, quel délice ! Pas de doute, c'est la gelée de Madame ta mère !

- A un détail près : la recette est bien la sienne, mais c'est moi qui l'ai faite ! Eh oui, ne t'en déplaise, je me suis même mise à mijoter des confitures...

Quelques bouchées plus tard, Anne-Sophie vide d'un trait sa tasse de chocolat et reprend la parole. Elle évoque la période où Pierre-Henri, à la mort de son père, s'était retrouvé à la tête de l'Etude d'huissier familiale par devoir et sans passion. Il avait assez vite pris sa charge très à cœur, ce qui avait petit à petit impliqué une insertion de plus en plus étroite dans la tradition conservatrice familiale. Son rôle de premier adjoint de la cité y avait ajouté des obligations de toutes sortes dans lesquelles, en tant qu'épouse, elle avait dû tenir la place qui allait de pair. Au fil du temps, de cérémonies officielles en inaugurations, de cocktails en réceptions, les tiraillements du trait d'union de son prénom avaient resurgi... Plus elle s'était efforcée d'être conforme aux critères attachés à ce rôle et aux attentes de son mari, moins elle avait su où elle en était. Anne avait de mieux en mieux cadré avec son personnage de *Madame Lesquendieu*. Il avait fallu inscrire Clémence en cours privé, accepter de la confier à Belle-maman le mercredi sous prétexte de lui remonter le moral, et endurer son emprise grandissante sur sa petite-fille. La concernant, il n'avait plus été concevable de figurer parmi la troupe de théâtre régionale, à peine d'animer les répétitions des Fourberies de Scapin pour la sixième d'Aurélie... Docilement encore, elle avait suivi les conseils conjugués de *madame Veuve* et *madame Mère* pour faire évoluer son look. Et plus elle s'était attachée à ne pas décevoir Pierre-Henri, plus elle avait senti étouffer ce qu'il y avait de Sophie en elle.

- Un jour, j'ai trouvé dans un costume que je portais chez le teinturier un justificatif de dépenses pour deux personnes de la semaine consacrée à un congrès en Guadeloupe. Tu penses bien que ces colloques sont organisés au soleil de Basse Terre de préférence à la grisaille de Paris-la-Défense ! Et quant à y travailler, tu parles ! Ce que j'avais pu être candide ! Je découvrais tout d'un coup que cela ne semblait pas incompatible avec une forme d'accompagnement qui ne relevait ni du rôle d'une épouse, ni de celui d'une secrétaire. Je n'avais jamais mis en doute ma confiance en lui et j'étais persuadée que nous ne mettrions jamais les pieds dans ce genre de vaudeville. J'avais tout fait pour être la femme qu'il voulait et je ne comprenais pas ce qui avait pu l'attirer ailleurs. Était-ce une aventure sans lendemain ? Avait-il une liaison ? J'étais malheureuse et blessée. A partir de là, le verrou du trait d'union a sauté.

Il me fallait une échappatoire. J'ai poussé Anne de côté et lâché Sophie dans l'arène !

J'ai filé illico sur Paris, fait provision de toiles, pinceaux, peintures et me suis inscrite aux cours de l'Ecole du Louvre. A mon retour, j'ai transformé le salon de verdure en atelier et quand je me suis retrouvée assise sur un tabouret devant mon chevalet, j'ai enfin eu l'impression d'être moi-même, pour la première fois depuis bien des années. Cela n'effaçait pas la rage d'être bafouée, le désespoir d'être délaissée, mais je ne me sentais plus livrée aux évènements.

Evidemment, ce soir-là, Pierre-Henri a été alerté par l'odeur de térébenthine et d'huiles. Sûr de lui, il n'a d'abord rien flairé d'autre et m'a prié de reprendre mes esprits et d'autres dispositions pour exhiber mes pinceaux sans indisposer son odorat. Avec le parfait contrôle que mon côté Anne peut déployer, je lui ai exposé mes découvertes et précisé que je ne sacrifierais pas ce qui, bien plus innocemment, me tenait à cœur. Passons sur les péripéties intermédiaires, il n'y a pas de quoi pavoiser pour un statu quo assez médiocre mais qui sauve les apparences… J'ai endossé le rôle en y engageant tout ce qui m'attirait tant dans le théâtre, me mettant en scène sur scénario Pierre-Henri et dialogues Anne...

- Je reste sans voix ! J'étais loin d'imaginer ce contexte. Et tu as pu garder cela pour toi toutes ces années ?

- C'est dur d'être trahie, j'ai eu autant de mal à en faire le constat qu'à en parler. Et puis à côté de votre bonheur à vous, si rayonnant à travers les années, on se sent si médiocres... Auriez-vous compris ? Je me suis débrouillée comme j'ai pu et au fil des années j'ai pris l'assurance que j'affiche aujourd'hui.

- Pour moi, l'amitié tient la route aussi bien dans les occasions heureuses que lors des coups durs. Et le bonheur... le bonheur n'est pas à toute épreuve, il faut en prendre soin, ne pas laisser chuter l'attention qu'on y prête. On l'oublie parfois. En tout cas, je t'accorde un Oscar pour ton interprétation d'Anne-Sophie épouse Lesquendieu !

- J'ignore si j'ai eu raison d'user de cette dualité, j'ai surtout pensé que cela valait mieux pour nos filles. Je ne jurerais pas qu'elles en soient dupes. Il est de notoriété familiale que la peinture me transforme mais cela me semble étonnant qu'elles ne soient pas interpellées de me trouver tellement différente quand elles pointent le nez dans mon atelier.

Après une imperceptible coupure, elle reprend :

- A ce sujet, tu pourrais m'aider. Tu as pu constater que Clémence évolue dans ce milieu comme un poisson dans l'eau. Je me suis effacée devant ma belle-mère qui l'a façonnée en parfaite conformité avec l'esprit Lesquendieu. Il est vrai que toute petite, ma fille aînée manifestait déjà des prédispositions à se couler dans le moule. Tu te souviens du langage choisi avec lequel elle s'exprimait ? Et de cette capacité à traverser une journée de jeux qui transformait les tiens en joyeux sauvageons, sans être ni décoiffée ni chiffonnée ? Je crois que cela s'accorde avec sa nature et qu'elle adhère vraiment à cette image. En ce qui concerne Aurélie, il en va autrement. Elle ne ressemble pas à sa sœur, elle se rapproche même beaucoup de ce que j'ai pu être à son âge, c'est tout dire... Elle est sensible, créative et volontaire. J'ai réussi à la tenir plus à l'écart de l'ascendant de ma belle-famille et tu pourrais t'y associer en tant que marraine. Ce n'est pas d'aujourd'hui que j'y pense mais j'avais des scrupules. Tu en as déjà cinq à soutenir dans leurs options en plus de ton activité professionnelle. Mais je ne vois pas d'autre alternative pour lui apporter une ouverture sur le monde qu'elle n'aura pas chez nous.

La voix d'Anne-Sophie s'est altérée au fur et à mesure de son récit, se chargeant d'émotion, pour finir par se raffermir un peu en formulant sa requête.

- Dois-je te redire que tu m'avais fait un plaisir fou en me demandant d'être la marraine d'Aurélie et que je n'avais pas imaginé que cela soit pour de la figuration. Il se trouve que je lui ai promis hier soir de ne plus disparaître trop longtemps.

Elle s'interrompt pour glisser ensuite sur un ton ironique, histoire de crâner un peu et donner le change si son amie n'était pas prête à le réceptionner :

- Pour être sincère, je ne suis pas très claire avec moi-même. Je me sentais au bout du rouleau et j'ai cédé à un besoin fou de larguer tout, voilà pourquoi je suis partie seule, sans Philippe.

- Tu ne me feras pas croire que ton Philippe… comme Pierre-Henri…

- Non, proteste abruptement Pauline. Enfin, se reprend-t-elle, pas à ma connaissance. Ce n'est pas cela. C'est moi. Je n'ai jamais caché avoir horreur de m'accommoder de ce que je réprouve et se comporter en adulte y oblige quoiqu'on fasse. Progressivement on pactise avec les apparences et j'ai pris peur. Il faut que je sache si mon Philippe, comme tu dis, est en train de s'y perdre ou si c'est moi qui déraille.

- Et tu l'as laissé en plan ? Tu es sûre de ce que tu fais ?

- Sûre, comment veux-tu que je sois sûre alors que sur le coup, je n'ai pas réfléchi ! J'avais tellement peur de péter un plomb en public ! Je me rendais bien compte que je sortais des clous, mais c'était totalement impulsif… Tous les enfants étant partis rien ne me freinait. Il fallait que je fasse le point.

Elle poursuit plus véhémente :

- Si tu crois que c'est facile de me l'autoriser face à sa mine fatiguée et son impossibilité à se poser pour une discussion ! Moi aussi je le suis et j'estimais légitime d'aspirer à des vacances. Tout était prévu pour une escapade à deux. Maintenant et pas dans trois semaines. Dans trois semaines je reprends mon boulot au journal. Il ne sera plus question de congés avant l'hiver. Pas plus qu'il n'est question que je renonce à mes articles. Et puis zut, je l'ai fait, un point c'est tout ! J'irai jusqu'au bout.

- Alors là, chapeau ! Tu oses ce que je n'ai pas trouvé le courage de faire. Les années passent, on pactise, on hésite, on se sermonne… et on subit. Il est possible que tu aies raison, que ce soit faute d'avoir osé prendre des risques qu'un jour tout capote…

Anne-Sophie croque dans une pomme avant de poursuivre.

- Là où nous sommes gagnantes, c'est que tu es parmi nous ! J'aimerais que tu restes quelques jours, jusqu'à mercredi par exemple. Qu'en dis-tu ?

- C'est gentil et c'est d'accord. Je n'ai rien planifié, je te l'ai dit. Tu es une de mes racines avec Aude et c'est cela dont j'ai besoin. A propos, as-tu de ses nouvelles ?

- Tu penses bien que oui d'autant plus qu'elle est revenue sur Paris.

- Elle nous avait contactés pour leur pendaison de crémaillère. Malheureusement nous avions promis à mes parents d'être avec eux à Noël cette année-là. Nous avons échangé quelques courriers, bavardé quelquefois au téléphone, mais je reconnais que j'ai laissé courir beaucoup de choses ces dernières années !

- Cesse de battre ta coulpe. Tu n'as déjà que trop réussi en superwoman, tu ne crois pas ? Bref, comme je me rends toutes les semaines à Paris, nous avons pris l'habitude de déjeuner ensemble le premier mardi de chaque mois. Elle est toujours aussi idéaliste et militante, même si elle est moins engagée communautairement qu'avant leur départ pour Fort-de-France. Elle avait dû te l'écrire, non ?

- Oui, oui. Sais-tu si elle est à Paris actuellement ?

- Eh oui ! J'allais te proposer de lui faire la surprise d'arriver toutes les deux à ce rendez-vous demain. Etant donné que les corrections des épreuves du bac l'ont accaparée ces derniers jours, nous avons repoussé notre rituel d'une semaine. Ce qui tombe on ne peut mieux ! Toutes les étoiles sont alignées, ton voyage intervient opportunément ! Aujourd'hui, je dois faire des courses à Coulommiers. Tu es partante ?

- Evidemment !

Encore étourdie par les révélations de son amie, Pauline se brosse les cheveux, enfile tee-shirt et jupe. Son intention n'était pas de s'ouvrir à elle d'états d'âme qui englobent Philippe. Mais pouvait-elle garder l'étiquette de celle à qui tout réussit, qui traverse la vie sans difficultés ? La remarque d'Anne-Sophie concernant leur bonheur l'a touchée. Presque blessée. Le fait d'être heureux renverrait-il une image d'arrogance à l'entourage ? Elle était loin d'imaginer que cela puisse créer une distance avec les autres. Ce n'est pourtant pas le fruit du hasard et nécessite de s'y investir sans cesse… D'où cette fichue situation dans laquelle elle s'est fourrée !

Bien décidée à mettre à profit ces journées de retrouvailles, elle dévale l'escalier et sort par l'arrière de la maison, du côté du potager éclaboussé de soleil où elle est attendue. L'élégance d'Anne en robe de lin bleu outremer très structurée, cheveux retenus en chignon, pactise avec la décontraction de Sophie en tablier de jardinier… Anne-Sophie a commencé à emplir de haricots verts un saladier et confie à Pauline un gros bol pour la cueillette de leur dessert. Les pieds de framboisiers croulent sous une profusion de fruits et c'est sans peine qu'elle érige un appétissant monticule de baies rouges, tout en cédant à un grappillage gourmand.

La matinée s'achève à la cuisine, toute blanche et fraîche. Fonctionnelle avant tout. Perchées sur les tabourets, toutes deux éboutent et effilent les haricots puis tandis que l'une s'active à la confection de leur repas, l'autre note sous sa dictée les emplettes à effectuer dans l'après-midi puis dresse leur couvert sur l'îlot central. Leurs bavardages à bâtons rompus se poursuivent au jardin où elles savourent leur café à l'ombre d'un parasol. Instants intemporels, délicieux et précieux. Les années se rattrapent, ce que l'on n'a pas vécu ensemble se raconte, en quelques heures le temps se comprime et efface les blancs des absences.

*

À Coulommiers, l'animation du centre-ville tranche avec son immobilisme dominical. Dès sa sortie de voiture, Anne-Sophie a opéré sa mutation et repris son personnage public. Allant d'une boutique à l'autre, s'imposant d'un regard un peu hautain, accueillie du reste avec une politesse excessive, confinant parfois au ridicule, elle a commandé des bouquets de table en accord avec les broderies de sa nappe, sélectionné des fromages affinés à point, choisi des sorbets aux parfums prometteurs. N'était l'amorce d'un clin d'œil souligné d'un sourire de connivence, Pauline se demanderait si elle n'a pas rêvé les heures précédentes…

- Aurélie doit nous attendre, dépêchons-nous.

Anne-Sophie entraîne son amie vers le parking de l'Hôtel de Ville où stationne son cabriolet Alfa-Roméo, véhicule de fonction très acceptable, ainsi qu'elle l'a souligné avec ironie. Sa conduite nerveuse n'a pu abolir leur léger retard et Aurélie s'impatientait déjà. Enfiévrée par sa journée de compétition, elle joue de sa raquette en discutant avec animation au milieu d'un groupe de son âge, bras droit tendu dans une simulation de smash, jupette dansant en surplomb de ses jambes fuselées. Sa queue de cheval aux reflets d'automne, accompagne le mouvement avec un léger décalage, comme au ralenti. Toute bronzée, elle leur apparait si débordante de vie et d'enthousiasme, qu'Anne-Sophie et Pauline échangent un sourire heureux. Sur le chemin, aucun détail n'est passé à la trappe. La championne en herbe leur annonce sa sélection pour la finale. Elle affiche sa joie sans retenue, fière à l'idée de l'annoncer à son père, senior amateur encore passionné. Pas fâchée aussi, semble-t-il, de *river le clou* à sa sœur aînée !

- Au fait, est-ce que Clémence sera là ce soir ?

- Non ma chérie, ta sœur dîne avec Hubert. Nous ne serons que nous trois. J'ai demandé à Colette de préparer des salades avec du poulet froid. L'horaire sera à notre convenance et j'aimerais mettre de l'ordre dans mon atelier. Vous avez quartier libre toutes les deux !

- D'accord pour notre virée sur mon île alors !

Quelques coups de rame ont suffi pour mener la barque au petit ponton qui leur faisait face. Aurélie fredonne gaiement « le petit pont de bois ». Elle a emporté deux petites bouteilles de cidre pour trinquer avec son auguste visiteuse. Pour n'être pas en reste, sa marraine a subtilisé quelques fleurs à un rosier grimpant qui en avait à profusion…

Elles atteignent un gros bosquet de verdure en quelques enjambées et Aurélie raconte.

- Tu te souviens de l'été où tu étais à l'hôpital ? Dans ton jardin du Saint-Quentin, nous avions passé nos journées à construire des cabanes. Moi, j'étais avec Jo sous le saule pleureur. Je me souviens que Benjamin et Marc s'étaient perchés dans le vieux quetschier. C'était top ! Alors en rentrant à la maison, j'ai voulu construire une cabane moi aussi. J'ai demandé au jardinier de me tailler des branches et de m'aider à bien enfoncer les grosses qui sont aux quatre coins. Papa m'avait même donné un coup de main pour les murs. Ensuite je me suis débrouillée toute seule. Alors, comment tu la trouves ?

Une cabane de rondins au toit de branches recouvertes de mousse s'intercale entre les arbustes. Lorsqu'Aurélie écarte le rideau de perles de bois qui tient lieu de porte, elle libère une senteur d'humus et d'écorce.

- Désolée pour l'odeur de tanière, s'excuse-t-elle en invitant sa marraine à y pénétrer et à s'asseoir sur l'un des tabourets taillés dans un tronc.

Elle lui tend une boisson et lève l'autre pour trinquer.

- A ta visite !

- A la première réalisation d'une architecte en herbe réplique Pauline en lui tendant les roses. Félicitations, tu recueillerais l'admiration de Jo et Benjamin, j'en suis sûre !

- Sans rire, j'aimerais drôlement devenir architecte. Pas à cause de la cabane. C'était un jeu. Mais tu t'imagines comme ce doit être formidable de voir construire les bâtiments qu'on a dans sa tête ! Tu en rêves, tu les dessines, après tu fais les plans et un beau jour ils existent pour de vrai, s'enflamme-t-elle tout en coinçant les fleurs dans un interstice, sur le rebord de ce qui tient lieu de fenêtre.

Papa ne veut malheureusement pas en entendre parler. Il paraît que je suis trop jeune, pour savoir de quoi il s'agit. Il m'a même dit que ce n'était pas dans cette branche que je ferais des rencontres intéressantes pour mon avenir. Sciences Po ou Droit, il ne connaît que ça. Alors là, pas question ! Passer mes journées avec des étudiants du style de Clémence et Hubert, merci bien ! Et puis des rencontres intéressantes par rapport à quoi ? Il y a tant de choses que j'aimerais connaître. De toute façon, je n'ai que quinze ans, y'a pas urgence. Pourquoi Papa ne peut-il me voir comme je suis ?

Elle se tait et Pauline laisse s'installer une pause. Il lui semble important de faire place à la parole de cette ado qui cerne si bien l'essentiel.

- Il n'était pas comme ça avant. Quand j'étais plus petite, il me prenait par la main pour marcher dans la propriété. Il m'apprenait à distinguer les chants des oiseaux. Parfois, on se camouflait sur l'île pour les observer. Depuis quelques années, il est toujours à son bureau ou prêt à partir. Et quand il est là, il est préoccupé et distrait. Il ne sait plus que donner des ordres. Tu crois que c'est parce qu'il a beaucoup de responsabilités qu'il est aussi intransigeant ?

Déjà les bonnes questions, pense Pauline avant de répondre :

- Ton père est quelqu'un d'important, il doit prendre des décisions dont beaucoup d'évènements et de personnes dépendent. Il faut qu'il soit ferme et sûr de lui. Il peut avoir du mal à être cool, tu ne crois pas ?

- C'est pas une raison pour être si sévère, surtout que je fais tout ce que je peux pour le contenter. Moi, tu vois, quand j'aurai des enfants, je les écouterai et j'espère que mon mari chahutera avec eux comme Jean-Michel et Philippe. Le week-end dernier, je suis allée avec toute la famille Blondel au parc d'Astérix. Nous avons testé toutes les attractions, tous ensemble. Les parents comme les garçons. C'était tellement bien !

Malgré son penchant pour cautionner Aurélie, Pauline mesure le risque d'une révolte trop franche. Elle est touchée de la confiance qu'elle lui témoigne et se sent prête à échanger sur ses découvertes et ses aspirations comme sur les projections qu'elle se fait du monde.

- Je vais te dire, ma chérie. Ce qui me semble le plus important, c'est de se définir par rapport à soi-même. Tu seras libre dans ta vie si tu sais l'être dans ta tête, dans ton cœur, uniquement par rapport à ce que tu crois profondément. Sans tricher. Chacun suit sa route, chacun a son histoire. Mais elle croise ou se joint à celle des autres. A l'adolescence, on observe, on ne comprend pas toujours et les seules portes de sortie disponibles sont la dissimulation ou la révolte. Tout simplement parce qu'aucune décision ne peut nous appartenir en l'absence de l'accord des parents. Par la suite, on en arrive à pouvoir mieux défendre son point de vue et à l'affirmer même si on ne peut pas faire abstraction de l'opinion de ses proches. Cela ne sert à rien de se poser des questions par rapport à leur vie tant que l'on n'est pas en mesure d'apporter des réponses concernant la sienne.

- Tu veux dire qu'il y a déjà fort à faire avec soi-même ?

- Oui et on n'arrête jamais, figure-toi...

- Tu dis ça mais quand je vois ma famille qui aligne certitude sur certitude... Ok, ok, se reprend-t-elle vivement au vu d'un froncement de sourcils de son interlocutrice, j'ai rien dit !

- Penses-tu qu'il arrive un moment où l'on peut tout avoir percé à jour ? Imagine déjà l'immensité du domaine de l'architecture, les prospections sur les civilisations disparues, les incessantes innovations contemporaines. C'est fou, non ?

- J'aime bien parler avec toi. Au moins, tu écoutes. Alors, tu la trouves si idiote cette idée ?

- Bien sûr que non, mais il ne s'agit pas seulement de le vouloir, il faut s'en donner les moyens en travaillant énormément. Si tu affirmes tes capacités de travail, si tes centres d'intérêt vont dans ce sens, ta détermination portera ses fruits vis-à-vis de ton père.

- Tu crois ?

Pas si sûre au fond d'elle-même, mais bien décidée à épauler sa filleule, Pauline se fait rassurante et lui raconte comment Rémi a dû, bien que son père ait lui-même épousé cette profession, plaider sa cause pour les persuader qu'il ne s'agissait pas bêtement du désir de faire comme papa.

- Tu pourras en discuter avec lui. J'ai la ferme intention de m'organiser pour que tu puisses faire un tour en Lorraine cet été.

Sur l'assentiment enthousiaste de l'adolescente, Pauline quitte avec elle l'ombre bienveillante mais étouffante de leur abri.

- Changement de rameur, revendique-t-elle !

Et c'est sous les encouragements de sa passagère que, joignant le geste à la parole, elle souque ferme pour regagner la berge.

Le dîner est très gai. Aurélie se divertit autant des récits animés qui lui sont faits qu'elle prend plaisir à raconter son tournoi. Elle mime les mamans qui minaudent devant le moniteur des petits, puis son adversaire de tournoi mortifiée d'avoir été battue par une gringalette... Quand les bornes lumineuses du jardin s'allument, elles font ressortir le tracé des allées et l'agencement maîtrisé du parc. La fatigue aidant, la distorsion entre cet environnement, son coup de blues, le dédoublement de son amie et la volonté de s'affirmer de sa filleule font frissonner Pauline.

- Si vous n'y voyez pas d'inconvénient, je vais regagner ma chambre. Je tombe de sommeil.

Et j'espère trouver une issue à ce labyrinthe, pense-t-elle en s'endormant.

MARDI

– Marraine, le petit-déjeuner est servi !
– Entre, chérie, je suis presque prête !
Rieuse, Aurélie s'encadre dans l'ouverture de la porte. Un ensemble short et débardeur vert anis a pris le relais de la jupette. Son corps délié s'accommode décidément bien mieux des tenues de tennis que des robes sages. Ses cheveux humides sont relevés très haut en queue de cheval, ce qui étire plus encore ses yeux de petite danseuse cambodgienne. A n'en pas douter ses évolutions sur un court de tennis doivent tenir d'un hymne à la vie !
Dans le vestibule, elles croisent Pierre-Henri qui s'apprête à sortir, sa serviette de cuir en main. Il a sacrifié à la chaleur les manches longues et adopté une chemisette plus sport en glissant la cravate de rigueur sous le col boutonné. Blazer sur le bras, il reste prêt à gommer ce début de décontraction. Avec la première manche, il

enfilera ses certitudes, avec la deuxième l'incroyable maîtrise qu'il a de lui-même et en repositionnant son nœud de cravate, il aura achevé de se grimer en *Lesquendieu huissier de justice de père en fils depuis 1890*... Pauline ne parvient pas, même en sachant ce que son amie lui a confié, à ne voir en lui que celui qu'il s'applique à être. Il lui reste en mémoire les souvenirs des années envolées au hasard desquelles, jeunes mariés, puis parents novices, ils partageaient des week-ends ou des vacances. Pierre-Henri prêtait alors main-forte à Jean-Michel dans la préparation d'un repas ou rassemblait leurs bambins pour l'histoire du soir. Elle ne l'a pas rêvé, cela a bel et bien existé.

S'insérer dans un organigramme prédéfini après la liberté des premières années de mariage n'a indubitablement pas dû être facile. Sa famille avait mis dès l'enfance tous les atouts d'une éducation conformiste pour l'y préparer mais sa rencontre avec la jeune fille si fantaisiste qu'était Anne-Sophie avait mis en sourdine cette transmission. Il n'avait alors pas donné l'impression de se forcer beaucoup pour adopter la décontraction des amis de sa femme. Ou alors avait-il pressenti combien ce serait éphémère et vécu cette période en sachant qu'il ne s'agissait que d'un entracte, d'un sursis à saisir ?

Elle a de l'estime pour la fidélité à ses opinions en regardant s'éloigner sa voiture. Il roule en Peugeot, marque française, une mise en application de sa maxime civique défendue au cours du dîner d'avant-hier.

- Pain grillé ? s'informe sa filleule, avant de s'asseoir à la table dressée pour elles deux.

- Juste toasté s'il-te-plaît.

- Comme pour maman alors. Pas de problème !

Tandis qu'elles font honneur aux délicieuses tartines couronnées de gelée, leur parvient la voix de la maîtresse de maison. Elle transmet ses directives à Colette concernant les préparatifs de la réception, l'entraîne de la cuisine à la salle à manger, lui précise les plats à utiliser pour maintenir au chaud le canard aux poires que le traiteur livrera in extremis. Elle fait une apparition pour rassurer Pauline :

- Encore un appel au cuisinier pour lui confirmer mon timing. Je t'attendrai dans ma chambre pour te faire essayer les robes dont nous avons parlé.

- Entendu, à tout de suite.

Dix minutes plus tard, Pauline virevolte dans une aérienne robe de soie sauvage dont la coupe élance sa silhouette. Elle qui n'a jamais osé les décolletés est bluffée par l'effet du bustier dont le drapé étoffe sa poitrine menue.

- Et voilà, le tour est joué, ou comment faire d'une sage mère de famille une star ! Il n'y aura qu'à sophistiquer ton chignon et tu seras la plus belle ce soir !

- Arrête ça, ou je me cloître dans ma chambre pour la soirée ! Sans compter que je ne doute pas que ce titre te revienne !

- Est-ce que tu porteras la robe que madame Perbal vient de te livrer ? questionne Aurélie. La bleue avec des manches bouffantes et un décolleté dans le dos ?

- Exactement et ta marraine doit s'y attendre, je vais sortir le grand jeu ! Mais pour l'heure, il s'agirait d'accélérer le mouvement.

Tu as ta séance d'entraînement et nous, nous partons sur Paris. Même en juillet, la circulation n'est pas toujours fluide.

Contre toute attente, l'Alfa-Roméo se faufile aisément entre les véhicules qui bourdonnent aux abords de la capitale. Entrées par Vincennes, elles remontent la rue du Faubourg Saint-Antoine pour obliquer en direction du boulevard des Filles du Calvaire.

- Je fais un crochet par une boutique de matériel artistique que j'adore. Je t'aurais bien fait arpenter cette caverne d'Ali Baba, mais j'ai préféré commander sur Internet, histoire de gagner du temps. J'ai juste à retirer mon colis. Figure-toi que je projette de rassembler une quarantaine de dessins et de toiles pour une exposition cet automne.

- C'est génial ! Mais je croyais que Pierre-Henri ne faisait que tolérer, remarque Pauline, surprise.

- Eh bien, il semblerait que ce soit en train de changer depuis que notre cher maire a vu l'une de mes toiles. Il a trouvé cela *intéressant* et s'est mis en tête de sortir de l'ombre les artistes de sa commune en commençant par moi. Un thème comme un autre pour se démarquer auprès de ses administrés, je ne me fais pas d'illusion. Ce qui m'intéresse, c'est de franchir un pas : affronter le regard d'inconnus, a priori impartiaux, sur mon travail. Et pourquoi pas y trouver des acquéreurs…

- Il faudra absolument nous faire signe. Je ne te promets pas d'acheter, taquine-t-elle, mais je saurai glisser par ci par là des commentaires susceptibles de plaider en ta faveur. Ceci dit, cela doit représenter un travail colossal !

- J'ai une bonne avance avec une douzaine de toiles déjà prêtes et j'ai organisé mon été de façon à consacrer de longues journées à dessiner et peindre. Clémence déposera sa sœur chez mes cousins de Bretagne avant de rejoindre des anciens de son rallye. Quant à Pierre-Henri, je luis fais confiance pour se consacrer à ses obligations. Je suis prête à parier qu'il a planifié des prospections ou un congrès agréablement délocalisé et en bonne compagnie, termine Anne-Sophie avec une âpre ironie.

Quelque temps plus tard, elles émergent du parking de l'Hôtel de Ville dans la bousculade du BHV et se suivent comme elles le peuvent entre les troupeaux de touristes et les parisiens pressés. Pauline est désemparée par l'amertume qui a percé dans les derniers mots de son amie. Elle soupçonne sa difficulté à vivre ainsi, de faux semblants en vraies trahisons et qu'Anne-Sophie n'utilise sa dualité que pour camoufler son désenchantement.

Elle ne peut s'empêcher d'un parallèle avec son cas personnel, osant espérer que Philippe se morfonde, guette de ses nouvelles, relise sa lettre, pense au rendez-vous de la fin de cette semaine... Et si c'était l'inverse ? S'il était tellement passionné par ces fichues études visionnaires, obnubilé par sa réussite, adepte inconditionnel des orientations de sa Direction ? S'il n'avait pris son éloignement que comme l'opportunité de se donner à fond, n'accordant que peu de crédit à des états d'âme de bonne femme...

- Je vais finir par te perdre si tu rêvasses !

Son amie l'a prise par le bras, interrompant ses divagations et l'oblige à presser le pas vers le parvis de Notre Dame. Impossible alors de ne pas marquer un arrêt empreint de la stupeur éprouvée lors de l'incendie ravageur de 2019, de la prise de conscience de l'attachement à cet édifice unique dans lequel chacun a des souvenirs. Comment ne pas s'émerveiller de sa spectaculaire renaissance ? Encore habillée de la dentelle des échafaudages, la cathédrale érige à nouveau sa flèche vers le ciel, plus belle que jamais.

- Désolée d'abréger ta contemplation mais tu pourras la poursuivre d'un peu plus loin. C'est l'heure du rendez-vous avec Aude au Petit Pont, juste en face, après le parterre de fleurs. C'est un bon point de chute pour elle qui fouine régulièrement dans la librairie Shakespeare d'à côté, le lieu de prédilection des lecteurs anglophones de tout poil.

Alors qu'elles s'en approchent, le plus éloigné des parasols vacille, bousculé par leur amie qui bondit quasiment de la table où elle est déjà installée.

- Par ici les filles ! Alors ça, Pauline, si je m'attendais ! Quelle formidable surprise ! Que je suis contente de te voir ! Tu n'as pas changé !

- Toi non plus ! Nous voilà à nouveau toutes les trois ! Quelle bêtise d'avoir tant tardé !

- On s'en fiche puisque tu es là. Raconte, quel hasard providentiel t'a amenée à nous ? Quant à toi la cachottière, tu ne perds rien pour attendre, reproche Aude en se tournant vers Anne-Sophie…

- Tsss, rien à craindre, tu es bien trop contente pour ça. De plus je te signale que je n'étais pas plus prévenue que toi, objecte cette dernière, ravie de son effet de surprise.

- J'irai direct à l'essentiel : je suis en plein coup de tête… Un soir de ras-le-bol, je me suis octroyé un *break*. Grâce à quoi me voilà… Pas de quoi pavoiser, pas non plus de quoi s'en cacher.

- Oh tu sais, un jour ou l'autre tout le monde s'en approche. Tu racontes ou tu ne racontes pas, comme tu veux.

Un serveur sanglé dans un gilet noir et un long tablier tournoie d'une table à l'autre, gouailleur et efficace, et s'approche pour prendre la commande.

- Parons au plus pressé, suggère Anne-Sophie. Etes-vous d'accord pour les poêlons de la maison ? Un peu chaud pour la saison, mais tellement bons !

- Va pour les poêlons, avec peut-être une salade César en complément suggère Aude.

- Donne-moi des nouvelles de ta vie parisienne, insiste Pauline. Que deviennent les garçons ? Mon filleul n'aura-t-il pas un créneau dans son été pour un séjour à Metz ? Comment va Jean-Michel ?

- D'accord ma petite vieille, je commence, mais autant te dire que tu n'échapperas pas à la question ensuite !

Le melting-pot mi-touristique, mi-parisien qui les entoure s'estompe, elles n'en perçoivent plus les échos. Leur table est un îlot dans le brouhaha ambiant.

Aude évoque avec force détails le retour des Antilles, le casse-tête posé par la traque d'un appartement à Paris, l'acquisition de trois chambres de bonnes aménagées, évidemment trop exiguës et la période de pression exercée sur leurs voisins dans le but d'acquérir le reste de l'étage - par des moyens tout ce qu'il y a de plus correct — spécifie-t-elle !

- Tu dis ça mais tes fils avaient moins de scrupules, l'interrompt Anne-Sophie. Luc menait son enquête de voisinage tandis que Marc n'hésitait pas à faire courir les informations les plus loufoques pour inciter les propriétaires à quitter les lieux !

Intervenant dans leurs récits respectifs, intercalant le présent dans le passé, elles sont gagnées toutes trois par une délicieuse griserie, si différentes et pourtant si proches dans leur joie commune du trio reformé. Aude, la grande sportive aux cheveux châtains coupés courts, toujours en pantalon, pas mondaine pour un sou, Anne-Sophie, longiligne et sophistiquée, cheveux sombres noués, très femme-femme, Pauline, décontractée, chevelure bouclée, dans le style *chassez le naturel, il revient au galop…*

Trois femmes différentes, trois styles de vie. Avant tout et pour toujours trois amies. Incroyablement unies malgré les années d'éloignement. Pauline avait craint l'effet de l'élastique sur lequel on a trop tiré et qui reste sans répondant. En définitive, peu importe le contexte de vie des autres. Ce qui prime, c'est l'intimité spontanément resurgie, la possibilité de tout évoquer et l'assurance que les amies n'extrapolent pas inutilement, vous font crédit au-delà des mots. Entre elles, pas de faux-semblants. Elles sont les femmes qu'elles sont devenues mais aussi toujours les lycéennes des photos de classe. Aude au regard direct qui allait si vite au fond des choses, Anne-Sophie à l'arrogance filtrant dans un sourire convenu, Pauline rêveuse et les mèches batailleuses.

Elles ont ri follement à l'évocation des souvenirs d'internat, elles ont plaisanté en brossant leurs adolescences, elles se sont attendries en égrenant leurs débuts de jeunes mamans. Elles ont émaillé de traits d'humour les propos plus graves touchant à leurs vies de femmes. Pauline a l'impression de se rénover. Elle savoure la complicité intacte dès lors que le *triptyque*, comme les appelaient ses parents, s'est reconstitué. Avalant une dernière gorgée de son expresso, Aude s'exclame en regardant l'heure à son poignet :

- Les filles, il va falloir que j'y aille. C'est donc d'accord, Pauline, je t'attends demain !

- Tu disposes bien encore d'une demi-heure pour une glace chez Berthillon, plaide Anne-Sophie.

- Où ça ?

- Tu n'es vraiment pas dans le coup, ma petite vieille, glousse Aude.

- Personne n'égale ce glacier, décrète Anne-Sophie en les entraînant vers le salon de thé de l'île Saint-Louis et l'interminable queue de gourmands de cette institution.

Le retour vers Coulommiers est imprégné de la gaité de leurs échanges, de la plénitude ressentie à réendosser son passé en pleine traversée du présent. Ne craindre de ses interlocutrices ni jugement ni ironie. L'amitié ne constitue-t-elle pas le comble de la richesse ?

Après l'amour peut-être, et encore l'amour n'en serait-il pas une forme particulière ? Peut-on parcourir une vie en aimant un conjoint qui ne serait pas de surcroît le complice des fous-rires du quotidien, des découvertes et des enthousiasmes comme celui des déceptions et des chagrins ?

Pauline se tourne vers Anne-Sophie.

- Mais comment avons-nous pu nous passer de tels partages ?

Puis elle enchaîne à brûle-pourpoint, comme si la joie de leur journée rendait plus tenace l'inquiétude qu'elle traîne au fond d'elle-même :

- Franchement, crois-tu que Philippe puisse être bien dans la peau de quelqu'un qui parie tout sur sa carrière ?

Anne-Sophie quitte la route du regard. Elle sourit à sa passagère puis ajoute d'une voix détachée dont l'assurance se désagrège au fur et à mesure.

- Lui seul peut vraiment répondre, il me semble. Mais j'admire que tu aies couru le risque d'en exiger la réponse. Moi, tu vois, je n'ai rien vu venir, rien cherché à deviner au-delà de ce que je pensais devoir m'appliquer à vivre. Je m'étais prêtée à n'être plus qu'une image dessinée par Pierre-Henri, selon ses critères. Elle lui convenait, mais quel plaisir voulais-tu qu'il y trouve, à la longue ? Elle ne le distrayait pas, ne l'épatait aucunement. Il n'y avait plus ni jeu ni conquête entre nous. Probablement que même la communication s'effaçait déjà. Ensuite, nous avons fait montre d'autant d'orgueil l'un que l'autre, ce qui a laissé le champ libre au mutisme. Par incompréhension, voire aussi par lâcheté, il s'est enferré dans sa position. Je me suis appliquée à le rayer de ma vie amoureuse. Je me suis carapaçonnée, endurcie pour survivre à ne plus être aimée. A ne plus aimer, aussi. Il y a quelque temps, j'ai rencontré Jérôme. Sous son regard, je n'étais plus un trophée. Il m'a apporté l'apaisement d'exister à nouveau. Mais ni avec Aude ni avec toi je ne jouerai la comédie : je n'appelle pas cela le bonheur… Ou alors, disons qu'il s'agit du bonheur de Sophie ! Anne-Sophie, elle, ne sait plus ce qu'il en est…

Elle fait la moue après ces accents passionnés autant que surprenants et inquiétants, puis enchaîne :

- Sans doute avons-nous eu la vie trop facile à nos débuts. Bien des fois je me suis demandé comment vous pouviez vous en sortir, Aude et toi, à jongler entre vos enfants et toutes vos obligations sans personnel de maison. Maintenant, je me dis que vous faisiez vivre et mûrir votre bonheur. Alors tu ne vas pas me faire croire qu'il a pu s'envoler ! Il était bien trop palpable, voyons !

- Merci de me dire les choses ainsi. Plus j'avance dans ma semaine, plus je crains d'avoir laissé Philippe derrière moi au lieu de m'en rapprocher. Et je suis tellement loin de ne plus l'aimer…

- Dîtes-moi madame Boissier, en seriez-vous au numéro d'accablement de l'acte III, scène I ? Allons, reprenez votre texte, je vous prie !

- Pardonne-moi, je me laisse aller.

- Mais non, ne t'en fais pas, proteste son amie qui, elle, s'est ressaisie tout-à-fait. Nous sommes presque arrivées. Prête à te troquer en créature de rêve et à profiter de cette soirée ? Je ne te dirai pas que nos invités de ce soir sont particulièrement joyeux drilles, mais l'un de tes voisins de table, Alexandre Fournier, te déridera, j'en suis sûre. Il enseigne les Lettres à la Sorbonne, voyage sur les traces de civilisations disparues, tu verras, il est passionnant.

*

Encore en tenue de tennis, Aurélie attendait sa marraine pour l'initiation au badminton promise le matin même.
- L'invitation est pour vingt heures trente. Vous avez largement le temps, confirme Anne-Sophie. Puis elle s'adresse à sa fille :
- N'oublie pas que ton père rentre vers dix-neuf heures, Aurélie. Sois dans ta chambre pour te changer à cette heure-là.
- Promis, maman, j'y serai.
Pauline se régale de voir sa filleule envoyer et rattraper le volant. Une grâce encore empreinte d'enfance se mêle à une vivacité acidulée d'adolescente sans artifices.

De son côté, elle peine à se défaire des réflexes du tennis pour relancer avec efficacité le volant, ce qui ne manque pas d'engendrer de francs éclats de rire de sa partenaire. Après une bonne heure de jeu, Aurélie se glisse sous le filet pour la congratuler et lui propose une boisson fraîche pour se remettre de sa défaite.

La terrasse est annexée par Colette, aidée d'un extra, pour y préparer l'apéritif, la cuisine bruisse de tintements de vaisselle, de sonneries de casseroles, telle une fosse d'orchestre avant un concert. Leurs verres à la main, Pauline et Aurélie pénètrent dans le hall et montent posément l'escalier en réfrénant leurs éclats de rire… Dans un cadre si impersonnel à force de perfection, un maintien plus retenu s'impose de lui-même…

« Plus jamais je ne m'insurgerai contre les dégringolades d'escaliers » se promet Pauline.

Accoudée au rebord de la fenêtre de sa chambre, toutes deux ébauchent des projets de retrouvailles messines avant la rentrée. Il n'a pas fallu longtemps à l'adolescente policée des premières heures pour baisser sa garde et parler librement. Elle a adhéré illico à la proposition et pour un peu chercherait déjà un horaire de train !

Brusquement, elle se retire de l'embrasure de la fenêtre. Un imperceptible soupir lui échappe tandis que la Peugeot amorce son entrée dans la cour. Retour à la case petite fille rangée. Tandis qu'Aurélie s'emploie à échapper au regard paternel, Pauline opte illico pour l'attitude inverse et salue d'un grand geste de la main l'ami des jours anciens. Un sourire étonné sur les lèvres, Pierre-Henri y répond néanmoins, presque à son insu.

Une bouffée d'émotion monte au cœur de Pauline. Sauvette ou pas, il a réagi en faisant une place, si petite soit-elle, à celui qu'il a mis aux oubliettes. Est-il si incompatible de faire cohabiter l'adulte réfléchi avec le jeune homme spontané qui l'a précédé ? Est-il indispensable d'être austère pour répondre aux critères de crédibilité professionnelle et sociale ?

Une jungle avec burn-out à la clé ! Humour et amour n'aideraient-ils pas ?

Restée seule, Pauline laisse vagabonder ses pensées. Elle s'est éloignée sur un coup de tête. Plutôt une impulsion. Elle voulait faire une coupure, mettre sa vie entre parenthèses. Or, depuis vendredi soir, elle a l'impression que les réflexions à trier ne cessent de s'amonceler et que sa démarche ne lui apporte aucunement la paix... Son baluchon aurait même tendance à s'alourdir au cours des rencontres au-devant desquelles elle est allée... ce qui tendrait à démontrer que, à moins d'opter pour une retraite spirituelle dans une abbaye isolée, se couper du monde ne le fait pas de l'effervescence de la vie.

L'option d'Anne-Sophie, la soumission à l'ordre établi, l'acceptation d'une espèce de fatalité, elle ne s'en sent pas capable.

- Veux-tu un coup de main ?

Anne-Sophie s'est introduite dans la pièce, alignant ses pas à la façon des mannequins lors d'un défilé. Elle n'a rien à leur envier... Manches bouffantes serrées au coude, décolleté en forme de cœur et jupe crayon subliment sa silhouette longiligne de gravure de mode.

- Merci, tu m'éviteras de me tortiller pour réussir à monter la fermeture. Ma belle amie, tu es époustouflante !

- Mais toi aussi, Pauline. Pour moi, c'est ma façon de bien m'imprégner de mon personnage. En scène pour la comédie mondaine ! Laisse-toi porter par les circonstances, mais surtout, ne me fais pas sortir de mon rôle. Ce soir, pas un cheveu de Sophie ne doit dépasser !

Un haussement d'épaules, une grimace et elle s'éclipse.

*

- Bonsoir très chère, vous êtes plus éblouissante que jamais ! proclame le docteur Pechin en embrassant Anne-Sophie.

- Mes hommages, chère amie, ponctue maître Darras, ployant sa haute stature en un baise-main conformiste.

Madame Pechin, emberlificotée dans une robe compliquée, est aussi ronde et décolorée que madame Darras, est élancée et naturelle. Un deux-pièces en lin écru confère à cette dernière une allure dynamique accentuée par ses cheveux courts. La veille, en situant sommairement ses invités, Anne-Sophie a évoqué leurs activités professionnelles. L'une a ouvert son cabinet d'orthophoniste tandis que l'autre fait des merveilles en tant qu'étalagiste. Pour l'heure, toutes deux s'effacent et suivent discrètement leurs époux, en mission commandée, mot d'ordre *faire valoir, sans plus.*

D'autres couples les suivent, guidés par un extra parfaitement stylé. Maître Espérandieu, notaire de la famille Lesquendieu, imposant personnage à la chevelure blanche aussi fournie que la barbe, n'est pas sans rappeler les traits de l'illustre Hugo. Monsieur de Brême, le crâne tout au contraire dégarni, le port de tête altier, évoque la superbe de Von Stroheim. On serait à peine surpris de lui voir un monocle tant il a l'air issu d'un monde de guêtres blanches, de gants beurre frais et de redingotes.

Mesdames Espérandieu et de Brême font preuve de moins d'implication dans les molles poignées de main dédiées aux dames qu'elles n'en mettent à abandonner leurs doigts chargés de bagues aux courbettes de ces messieurs. Leurs ensembles de soie ont tout l'air de provenir de la même boutique. Bien qu'elles affectent d'y être indifférentes, les coups d'œil qu'elles se décochent en catimini attestent de leur contrariété. Au moins peuvent-elles se féliciter que les couleurs n'en soient pas identiques !

Une voix chaude dissipe fort à propos son malaise naissant.

- Alexandre Fournier, enchanté, se présente un des trois nouveaux arrivants, tandis que monsieur le maire et son épouse sont retenus par Anne-Sophie et Pierre-Henri. Je ne crois pas vous avoir déjà rencontrée, madame, je m'en souviendrais.

- Pauline Boissier, une amie d'enfance d'Anne-Sophie, se présente Pauline, en réponse à l'interrogation discrète de celui qui vient de l'aborder.

Taille moyenne, cheveux châtains, yeux bruns, physique plutôt passe-partout mais dans la catégorie *beaux mecs*, assez sûr de lui. Le regard n'est pas un de ces coups d'œil distraits qui vous effleure tout en s'assurant de ne pas manquer quelqu'un de plus important. Non, il s'agit d'un regard qui donne la sensation d'exister et de mériter de l'intérêt. La poignée de main se prolonge un peu trop peut-être. L'air de rien, il a bien du charme, le professeur de lettres !

Après quelques paroles courtoises, il s'excuse de la quitter pour saluer le reste de l'assemblée et c'est au tour de monsieur le maire et son épouse de lui être présentés. Très *hobereaux de province*, ne manquerait pas de commenter sa chère marraine Margot dans son langage désuet...

Tandis qu'ils s'éloignent, elle se tient un peu en retrait, gagnée à nouveau par le sentiment pénible de déconnexion qui l'envahit de plus en plus au milieu de mondanités conventionnelles qu'elle croyait vraiment révolues.

- Madame est servie, annonce Colette, selon l'immuable tradition des grandes familles.

Pauline pose sa coupe de champagne et se dirige avec les autres convives vers la salle-à-manger. Tandis que chacun trouve sa place autour de la longue table ovale, elle admire le couvert dressé sur une nappe d'organdi brodée de délicats pois de senteur, rappelés au naturel dans la composition des bouquets de table. Porcelaine blanche et argenterie allient leur élégance à la pureté des verres en cristal en garde-à-vous devant les assiettes. Le raffinement de la table ne conjure malheureusement pas le voisinage maussade de maître Darras. Comme elle le craignait, il s'avère champion du conformisme et des lieux communs qui maintiennent une banalité de bon aloi. Il donne son appréciation sur le carpaccio de la mer, en avait dégusté un très bon à Pont-Audemer... Cet été, il va faire le Mexique... Non voyons, pas en itinérant, au Club, bien sûr !

« Ne serait-ce pas plutôt le Club qui va se le faire » pense irrévérencieusement la jeune-femme ? Elle renonce à toute répartie et puisqu'il s'écoute si bien, se résigne à le laisser soliloquer en souriant poliment. Prise dans la brume de morosité que la voix onctueuse de son voisin distille, Pauline laisse échapper un léger soupir.

L'a-t-il perçu ? Alexandre Fournier se tourne vers elle, comme s'il s'estimait quitte des égards dus à sa voisine de droite. Le changement de cap est radical, la conversation s'oriente vers le roman. Il se montre intarissable sur les auteurs contemporains, qu'ils soient francophones, américains, allemands ou espagnols. Bien qu'il soit plus jeune qu'elle, elle retrouve le même enthousiasme à l'écouter qu'elle avait éprouvé lors de ses études. Dans la bouche de ce prof, la littérature comparée n'est plus lettre morte, les écrits s'animent, la quête de leurs similitudes, des rapports qui les relient entre eux tient de l'enquête menée par un détective. La conversation met le cap sur son dernier voyage dans les pays de l'Est qu'il a bâti en partant de ses lectures. Lui ne *fait* pas la Pologne ou l'Estonie. Il va à la rencontre de leurs habitants, s'informe de leur mode de vie, s'efforce de comprendre les influences des régimes qui les ont soumis et forcément marqués.

Pauline ne cache pas y prendre plaisir, bien qu'il en fasse un peu trop... Elle est tellement attachée à la sobriété avec laquelle Philippe parle des projets qui lui tiennent à cœur, sans se mettre autant en avant.

Les regards de son voisin s'attardent sur son visage, frôlent ses cheveux, ses épaules, tandis que son sourire se fait enjôleur.

- Voilà que je me laisse encore aller à disserter, coupe-t-il d'un air contrit. Si vous me parliez un peu de vous ?

- Oh, vous savez, rien de bien extraordinaire. Je rédige des chroniques pour un journal régional et une famille de cinq enfants s'emploie efficacement à rayer le mot ennui de mon vocabulaire, énonce-t-elle avec humour.

- Bigre, je n'imaginais pas côtoyer superwoman ! Et superman ne vous a pas accompagnée ce soir ?

- Pas plus que la compagne de votre vie, semble-t-il, riposte-t-elle du tac au tac, ayant remarqué qu'il porte une alliance.

- Dans la famille de ma femme, tout le monde se retrouve l'été dans la maison familiale de Carnac. Pas question d'y déroger. Elle a donc gagné le Morbihan avec les trois nôtres et je la rejoindrai pour le week-end du 14 juillet.

- Les astreintes d'une vie de célibataire ne vous sont pas trop lourdes ?

- Disons que cela fait prendre conscience des exploits journaliers d'une épouse... Katell est enseignante en primaire, ce qui lui permet de se libérer plus tôt. Nous avons toujours procédé ainsi et je dois vous avouer qu'elle emplit le congélateur avant son départ et maintient les prestations de la femme de ménage. Je n'ai à me préoccuper de rien et me plonge dans mes travaux de recherche en toute liberté avec quelques loisirs sportifs en interludes. D'autre part, vous devez vous en douter, les célibataires sont très sollicités, si bien que je n'ai guère à me soucier de cuisiner.

- Serait-ce mis à profit pour une fraction de vie en marge du couple ?

- Pourquoi pas ? S'il s'agit d'une parenthèse en dehors du quotidien et qui ne le menace pas ? N'est-il pas important de n'avoir rien à regretter ?

La voilà fixée… La joute verbale engagée l'incite déjà à faire machine arrière. Quelle mouche l'a piquée de s'engager sur cette voie ! Ne s'improvise pas libertine qui veut… Une robe s'emprunte, une allure se travaille, cela peut donner le change. Mais se renie-t-on simplement pour être dans le coup, pour se donner la sensation d'être une femme libérée ? Libérée de quoi au juste ? Cela n'a vraiment pas de sens.

- Excusez-moi, se contente de glisser Pauline, avant de relancer, comme si de rien n'était, la conversation sur la littérature tchèque.

Il lui adresse un regard interrogateur, puis un brin moqueur et enchaîne, beau joueur, sur des commentaires à propos de Kundera. Le plus appréciable dans les rapports humains n'est-il pas de se comprendre à demi-mot ?

*

Après le départ des invités, Pauline complimente ses amis sur la réussite de leur réception, ne tarit pas d'éloge sur la finesse du repas, certifie qu'elle a apprécié les personnes rencontrées.

Seule dans sa chambre, elle dégrafe la robe, dénoue ses cheveux, se démaquille et s'examine dans le miroir.

- C'est vraiment pas mon truc !

Elle ébouriffe ses cheveux et se réfugie dans son lit pour sombrer dans le sommeil.

MERCREDI

« À hauteur du Square Georges Brassens », lui avait indiqué Aude. La découverte de l'existence d'un jardin public à la mémoire de celui qui en célébrait les bancs, outre qu'elle l'enchante, lui semble bien en accord avec la famille Blondel. Pauline en dépasse l'entrée encadrée de puissants taureaux de bronze et trouve à se garer au pied de l'immeuble qu'elle recherche.

Après les cinq étages franchis en ascenseur, il en reste un à gravir à pied par un escalier de bois qui débouche sur un palier où s'encastre une seule porte. On imagine sans peine qu'au temps des *petites bonnes* un couloir devait exister à cet endroit pour desservir les mansardes où elles logeaient. Glissades et bousculades répondent à son coup de sonnette. Des trublions s'encadrent dans le chambranle de la porte grande ouverte.

- Marraine, c'était toi la surprise annoncée par maman ! C'est trop génial, claironne un ado dégingandé à la longue mèche de gamin qui, à six ans comme à dix, avait toujours échappé aux tentatives d'alignement. Les yeux verts du filleul ont pris de la hauteur et, avec cette raideur attendrissante propre aux garçons dont la stature a distancé d'un coup celle de leur enfance, il se baisse à bonne hauteur et l'embrasse avec fougue.

- Pousse-toi Luc, proteste son cadet qu'il maintient par jeu derrière lui.

- Maman est allée faire une course dans le quartier ajoute Mathieu qui s'est juché sur le dos de Marc pour franchir du regard les épaules de l'aîné.

Dans le passé, lorsque les « évangélistes » arrivaient, le tonus enfantin grimpait d'un bon cran et leur vivacité ne semble pas se démentir. Pauline se laisse entraîner et pénètre dans une pièce très chaleureuse, d'une forme un peu étonnante, où la lumière entre à flot par les fenêtres qui dominent l'étendue des toitures. Tandis que Marc et Mathieu la gratifient d'embrassades, lui parvient le chœur des esclaves d'Aïda.

- Si Verdi est de la partie, je parierais volontiers que votre père n'est pas loin.

- Gagné ! Une voix grave répond à sa remarque. Prise par les épaules, elle se laisse pivoter, tenue à bout de bras par un Jean-Michel souriant, au regard attentif au travers de ses éternelles lunettes rondes. Même mèche rebelle, version poivre-et-sel de celle qui balaie le front de Luc, mêmes barbe et moustache que jadis, il semble avoir traversé les années avec le sérieux gentiment taquin qu'il a toujours manifesté. Elle lui sourit.

- Hello, prêt à me supporter pour la journée ?

- Et comment ! Tu as eu une fameuse idée de réapparaître ! Comment va Philippe ? Que devenez-vous ? Aude sera là d'une minute à l'autre, tu nous raconteras ça à tous les deux. En attendant, je te propose un tour du propriétaire.

Pauline pose son sac pour le suivre derrière la cloison-bibliothèque qui délimite un bureau sans nuire aux belles proportions de la pièce de séjour. L'espace de travail, bardé d'étagères qui croulent sous les livres, ménage la place à deux tables de travail qui se font face.

- C'est ici que nous préparons nos cours et corrigeons les copies de nos élèves, explicite Jean-Michel.

Le séjour, entièrement meublé de rotin, dégage une fraîcheur de jardin avec de luxuriantes plantes vertes qui s'intercalent de-ci de-là. Deux grands tableaux naïfs évoquent le charme désuet d'un mariage provincial et des jeux d'enfants.

- Tu as dû comprendre que cet appartement a été constitué à partir de chambres de bonnes, huit au total. Autant te dire que toutes nos économies et nos capacités d'investissement y sont passées. Nous avons abattu des cloisons pour donner au séjour une bonne surface et au-delà, nous avons laissé un bout du couloir pour accéder aux chambres.

- La mienne, commente Luc en les faisant pénétrer dans une pièce toute blanche, habillée d'étagères noires chargées de minéraux, fossiles et bouquins. Peu de meubles, des rangements intégrés sous le lit et un foisonnement de photos des fouilles auxquelles il participe.

- Toujours passionné par les pierres, si je comprends bien. Sais-tu qu'il y a une Ecole Supérieure de Géologie Appliquée à Nancy ?

- Tu connais ? Je viens d'en demander la brochure pour avoir des détails. Le bac est pour l'an prochain, ça commence à urger !

- Je me renseignerai. Cela a dû être orienté vers les industries minières lorraines au départ.

- Et ici c'est chez nous, les interrompent Marc et Mathieu en ouvrant grand la porte d'un repaire de jeunes aventuriers, une espèce de jungle tapissée d'affiches de films, chapeaux de brousse suspendus à des crochets, étagères encombrées de reptiles naturalisés et d'inclusions sous résine d'insectes. Des lits de brousse pliants complètent l'espace aménagé tout le long du mur côté fenêtre. Un compromis avec le monde du collège pour les adeptes d'Indiana Jones…

- Je me demande comment vous pouvez trouver le sommeil dans un décor pareil, se moque Luc.

- T'occupe, t'es trop vieux pour apprécier, lui retourne Mathieu d'un air condescendant !

- Nous avons laissé à chacun la liberté d'accommoder son espace, les interrompt Jean-Michel. C'est heureux que les deux plus jeunes partagent le même engouement… quoique on puisse se demander si le mettre à facteur deux ne l'amplifie pas !

La dernière des chambres change la donne. Les doux reflets dorés des meubles provençaux en noyer, le boutis blanc sur le lit, instaurent une ambiance toute autre. Immédiatement cette pièce restitue à Pauline le bien-être qu'elle éprouvait en passant le seuil du mas de Maillane, la maison des grands-parents d'Aude.

- Je suis là, où vous cachez vous ? lance à la cantonade une voix joyeuse.

- N'est-ce pas que nous sommes bien, décrète Aude avec un grand geste à la ronde.

- Vous avez fait des prodiges ! Et d'après ce que tu m'en as raconté hier, la démarche n'a pas dû être évidente à ses débuts.

Les garçons s'esclaffent à ce souvenir tandis que Jean-Michel explicite plus prosaïquement :

- Je t'accorde que la première année de campement dans les trois pièces du fond avec un petit camping-gaz pour unique équipement ménager a été spartiate.

- A déconseiller aux personnes embourgeoisées, tu veux dire ! reprend son épouse.

- Mais tu ne l'es pas, ma *toute douce*.

Il a toujours utilisé cette appellation tendrement moqueuse, car s'il y a quelqu'un à qui ce qualificatif ne convient vraiment pas, c'est bien à son impétueuse et dynamique épouse ! Elle a toujours eu la rebuffade facile. C'est du reste ce qu'elle fait. Et amusé, Jean-Michel l'emprisonne dans une étreinte, anticipant par un baiser sa protestation.

- Je te propose de nous suivre en cuisine pour y prendre un verre en finissant de préparer le repas.

Perchée sur un tabouret de bar, elle n'a que le droit de bavarder tandis que ses amis se partagent les tâches comme elle les a toujours vus faire. En devisant avec eux de tout et de rien, Pauline a un flash. Elle revoit Pierre-Henri et Anne-Sophie le matin même. Il avait voulu partager avec elles deux le petit-déjeuner. C'était sympa et suscitait l'envie d'en profiter. Mais elle avait eu beau faire assaut de bonne humeur, évoquer avec humour et gentillesse des fragments de la soirée, elle n'avait pas réussi à se sentir légère. Inexorablement, la chape qui empèse les rapports de ce couple pesait sur leur conversation à trois. Tout lui semblait sonner faux et elle avait prétexté de vouloir dénicher un cadeau pour abréger leurs adieux.

Allait-il falloir se résigner à les laisser s'enfermer dans leur système, si semblable à une mort à petit feu ? Ne subsisterait-il pas un espoir ? Serait-il judicieux de tenter un rapprochement dans un autre contexte ? Elle ne peut se résoudre à ce que le consensus établi constitue la dernière sauvegarde de leur survie familiale. Ce serait fichtrement triste…

- Pauline, tu m'écoutes ?

A grands moulinets de bras, Aude dresse ses bras en sémaphore tandis que Jean-Michel sourit.

- Je vous demande pardon, je me suis laissé entraîner à un rapprochement doux-amer avec mes adieux aux Lesquendieu…

- Eh bien, tu vois, il y a communication entre nos pensées ! Je te demandais justement comment s'était terminé ton séjour chez eux.

- Bien, si l'on veut. En fait, pour être sincère, j'ai du mal à intégrer ce qu'ils sont devenus. Je ne parviens pas à accepter d'avoir en quelque sorte perdu nos deux amis. Ce qu'ils ont été ensemble avec nous, à l'époque où nos enfants étaient petits, je ne l'ai tout de même pas rêvé !

- Eh non, tu ne l'as pas rêvé ! Ou alors nous étions embarqués dans la même fiction. Seulement voilà, on les a rappelés trop tôt dans une histoire à continuer. Une fois qu'ils l'ont eu acceptée, ils n'avaient plus la même liberté de se choisir dans une vie adulte.

- Moi qui ai retrouvé Anne-Sophie peu de temps après cette étape, intervient Aude, je peux te dire qu'elle a bien failli y laisser sa peau et que son maquillage a été plus d'une fois ravagé par les larmes, quoi qu'elle en dise maintenant.

Six jambes de jeans apparaissent sous les battants de la porte ranch de la cuisine, tandis que le crescendo des têtes brunes des garçons la dépasse.

- Alerte espions, avertit Luc !
- On meurt de faim, grogne Marc !
- On a mis le couvert, les disculpe Mathieu.
- Emportez les salades, mes espions, indique leur mère.

Puis se tournant vers Pauline :

- Tu te souviens de mes penchants macrobiotiques ? En cette saison, tu en seras quitte pour une cure de légumes ! Crudités pour commencer, suivies d'aubergines à « l'Iman Bayildi ».
- Et pour dessert un crumble de fruits rouges, se vante Jean-Michel.
- Pas de pâté de soja cette fois-ci ? C'est vraiment la fête !

- La tête que vous faisiez en mâchouillant vos bouchées sans vous résigner à les avaler ! J'étais un peu déçue de ne pas vous avoir convaincus, je l'avoue. Mais si j'ai éliminé quelques-unes de mes recettes pour les repas entre amis, je ne renonce pas à leur faire goûter d'autres choses, ma chère !

- Et figure-toi qu'il lui est arrivé de s'encanailler chez Mc Donald avec les mangeurs de burgers !

Le déjeuner se déroule gaiement. Ils s'amusent de l'histoire qui prétend qu'un imam turc se soit évanoui devant le succulent plat d'aubergines, tandis qu'eux se contentent de le savourer en toute lucidité. Puis ils font honneur au crumble à l'anglaise. Les garçons énoncent mille projets pour les vacances prévues en Ecosse. Pauline réalise qu'ils passeront à proximité d'Inverness et illico tout se met en place pour y surprendre Bénédicte. Luc note les coordonnées de sa famille d'accueil tandis que Pauline, heureuse comme tout, se met un rappel pour prévenir miss Carefull par téléphone.

- Et pourquoi pas nous organiser pour l'emmener avec nous tout un week-end, intervient Aude ? Je parie qu'elle ne bouderait pas un changement d'ambiance.

Les deux plus jeunes, qui s'apprêtaient à sortir, appuient cette idée avec enthousiasme. Marc insiste :

- Même si elle est très *carefully*, ta miss, c'est pas toujours au top chez les British… On va la tirer de là un petit peu ! et il s'éclipse hâtivement pour échapper aux remontrances de sa mère et à la revue qu'elle lui lance pour le faire taire.

- On vous attend tout à l'heure, rappelle Mathieu avant de laisser battre la porte en couverture de la retraite de son frère.

Luc les quitte à son tour pour un rendez-vous de copains. Après un imperceptible silence, un rapide regard échangé avec sa femme, Jean-Michel dit doucement :

- Et si tu nous parlais un peu de Philippe ?

Normal. Pauline sait bien que la question était inéluctable. Elle l'attendait.

Elle se doit d'être prudente avec les mots. Les mots peuvent être des acolytes comme ils peuvent être des traîtres s'ils sont mal choisis. Les confidences, ça vous a un côté inadéquat. Si c'est trop intime, se taire vaudrait mieux. Si en parler s'impose, le stade confidentiel est dépassé. Bien sûr, ils le connaissent, ils savent combien il est formidable, épatant, irremplaçable. Ils sont de ceux qui énoncent Philippe-et-Pauline d'un seul trait, qui ne les conçoivent que reliés, unis… Ils écouteront les mots précis qu'elle prononcera. Avec leur amitié pour eux deux.

Lentement elle commence à raconter. Le départ de Bénédicte, la révolte qui était montée en elle ce soir-là et avait pris corps sous ce prétexte. Sa peur grandissante d'avoir perdu Philippe dans ces accommodements qui se multipliaient, dont elle appréhendait qu'ils les étouffent. L'angoisse dont elle peinait tant à se départir à l'idée qu'il puisse se muer en un gagneur accaparé par sa réussite.

– Impossible !

Interrompue par l'affirmation lancée par Jean-Michel d'un ton ferme, Pauline respire mieux tout à coup. Comme il serait bon qu'il ait raison !

- Continue. On te suit.

Elle poursuit et sa voix s'affirme. Elle s'amuse même à leur parler de la folie qu'elle s'est offerte en s'arrêtant à la Briqueterie. Puis elle arrive à son retour vers ses deux amies, Anne-Sophie d'abord, puis Aude.

- Je suis allée sur les traces d'un passé qui n'est plus et s'est adapté à un présent qui l'a modelé. En un sens, je ne suis guère plus avancée. Anne-Sophie a fait face à sa manière qui ne peut pas être la mienne. Je crois trop à ce que nous avons choisi de vivre, je ne peux pas en faire table rase, s'enflamme-t-elle. C'est ici, avec nous, que Philippe devrait être ! Depuis combien d'années faisons-nous passer ces temps privilégiés après tout le reste !

- Ah, si on avait la possibilité de toujours doser… soupire Aude. Quand les évènements s'enchaînent avec une apparente logique, on n'a pas tendance à se poser de questions. C'est cela qui marque la mutation avec les années de jeunesse. Plus les choses affectent une cohérence, plus elles reproduisent une continuité avec ce que la génération de nos parents a vécu, plus on les laisse venir, plus on est tenté de penser que l'on perpétue quelque chose qui a du sens. Comme ce fut le cas pour notre amie.

Jean-Michel a pris place dans un fauteuil, un peu en retrait, comme s'il voulait respecter l'intimité des deux femmes.

- Il faut que tu saches que la Martinique a été en quelque sorte notre échappée belle à nous. Nous avons vécu cette étape ensemble. Il y a cinq ans, nous étions pris dans un autre système que celui dont tu parles. Cela semblait au premier abord plus justifiable. Nous nous sentions très en accord avec un groupe de notre paroisse. Nous y avions trouvé des réponses à notre exigence spirituelle. Nous nous y donnions à fond, adhérions à toutes les propositions, débordants d'enthousiasme de partager une foi aussi rayonnante. Malgré les apparences, ce n'était ni neutre, ni tellement mieux.

Nous étions excessifs, nous vivions notre engagement avec cette fierté que l'on peut éprouver à faire ce que d'autres ne font pas. Les célébrations et les rassemblements communautaires avaient envahi notre vie. Tu n'étais pas la seule à « n'avoir plus le temps ».

Et puis un jour, alors que nous devions rejoindre d'autres communautés pour les fêtes pascales, nos enfants ont fait dissidence. Luc a pris la parole pour ses frères et nous a déclaré qu'ils ne voulaient pas nous suivre, qu'ils n'avaient pas envie d'être largués avec d'autres enfants ni de se faire évangéliser. Marc, du haut de ses onze ans, a complété en disant que nous ne nous occuperions pas d'eux. Que par conséquent nous n'avions pas besoin de les emmener et qu'ils avaient décidé tous les trois d'aller à Maillane, chez Maminette. Mathieu, les yeux rivés au plancher, avait ajouté tout bas qu'il était trop petit, qu'il avait envie d'être tranquille avec ses cousins.

- Nous nous sommes sentis happés dans la spirale d'une tornade, continue Aude ! Tu sais que nous avions prôné la spontanéité, l'expérimentation, la prise de responsabilité individuelle pour élever nos enfants. Le moins que l'on puisse dire, c'est qu'ils honoraient notre éducation… Ils avaient déjà téléphoné à maman et tu peux deviner qu'elle souscrivait à la requête de ses petits-fils !

- Tu les aurais vus tous les trois, Luc une main sur l'épaule de chacun de ses petits frères, si soudés et convaincants dans leur provocation ! Nous ne pouvions que faire un crochet par Maillane avant de rallier notre groupe... Crois-moi, nous étions ébranlés et bien malheureux.

- Il nous a été impossible de méditer et de nous associer à quoi que ce soit durant ces jours-là. Nous ne pouvions pas dissocier nos fils de notre cheminement, cela lui enlevait tout son sens.

Nous avons postulé tous les deux pour une nomination Outre-Mer. Cela nous était apparu comme la seule solution pour prendre nos distances et réfléchir vraiment. Il nous fallait nous détacher de ce groupe si fraternel qui occupait toute la place et n'en laissait plus à la famille et à ceux qui nous étaient proches auparavant. Nous avons réalisé que nous commencions à regarder les autres comme des étrangers et ça nous a fait mal de nous imaginer sectaires. A Fort-de-France, nous avons découvert la simple joie de vivre, celle qui consiste à marcher le long d'une plage, à s'émerveiller de la luxuriance de la nature. Celle d'aller à la rencontre de gens différents. Celle surtout de regarder vivre nos fils que cette vie libre avait rendus exubérants et confiants vis-à-vis de nous grâce au choix que nous avions fait d'être avec eux.

Tandis qu'elle parlait, Aude s'est perchée sur le bras du vieux fauteuil occupé par Jean-Michel. Ils se regardent et se sourient.

- Tu vois, termine-t-elle, c'est sur cette terre de cyclones que nous avons pu arrêter celui que nous avions affronté.

- Votre communauté n'a pas cherché à vous retenir ?

- Nous ne nous étions pas encore impliqués dans des responsabilités. Nous avons espacé notre participation, le temps que nos dossiers suivent le parcours administratif pour la rentrée suivante. La multiplicité des démarches a ensuite tout justifié.

- Il faut quand même dire, conclue Aude, que nous étions particulièrement mal dans nos baskets ! Avec ce recul que nous avaient imposé les enfants, nous ne nous sentions plus autant à notre place. Nous ne leur avions rien dit avant d'être sûrs de nos nouvelles affectations, si bien qu'ils campaient sur leurs positions, faisaient bloc et gardaient leurs distances avec nous. Affreux !

- J'imagine, approuve Pauline. Vous serez sûrement d'accord pour dire qu'ils constituent un efficace garde-fou ! Quand nous étions jeunes parents, nous ne doutions de rien face aux perspectives qui s'ouvraient à nous, nous étions convaincus de pouvoir réinventer la vie en société. Nous avons incité nos enfants à penser librement et à argumenter leurs avis. On peut dire que les vôtres avaient bien intégré le concept ! Je ne peux cependant pas m'empêcher de penser que ce genre de message est mieux décrypté par les mères que par les pères.

Jean-Michel s'exclame d'une voix soudain bourrue :

- Toi, ma jolie, tu focalises sur ton cas personnel ! Est-ce que tu ne le filtrerais pas à usage d'un Philippe surmené, quand les cinq se rebiffent ?

- Un peu, bien sûr.

- Et s'il avait besoin du message en direct, lui aussi, questionne Aude ?

Les yeux brillants des larmes qu'elle a du mal à retenir, Pauline s'insurge.

- Je savais bien que vous n'enfonceriez pas Philippe, mais vous y allez un peu fort, les amis ! Il est possible que j'aie envahi le terrain familial, à force d'être partout en cherchant à remplir trop de rôles. Mais il faut bien s'y coller quand l'autre déclare forfait !

- Ne te fâche pas, mais je n'ai pas oublié ton dynamisme et si tu proposes des solutions avant que d'autre possibilités soient envisagées, pourquoi se casserait-il la tête ? Nous sommes des fans de ton mari, alors pas question de lui tailler un costard dans son dos, justifie Aude.

Elle a quitté le fauteuil dans lequel sa silhouette ne faisait qu'un avec celle de son mari pour se rapprocher de son amie.

- Nous ne doutons pas un instant de Philippe, tu m'entends ? Tu devais prendre de la distance, c'est compréhensible. Te positionner peut-être aussi par rapport à tes objectifs personnels. On voit bien que notre rôle de parents est appelé à se moduler. L'autonomie acquise par les enfants nous y invite, nous y incite, nous y oblige et finalement dégage de la place. Cela peut ouvrir des perspectives que l'on ne s'autorisait pas. Tu peux y avoir les tiennes, t'autoriser des aspirations professionnelles, comme ton mari a les siennes. Cela ne changerait rien à votre histoire commune. Le moment est peut-être venu de lâcher du lest au niveau familial et d'être plus investie dans ton cheminement personnel. Vous avez sûrement, comme nous, côtoyé des couples en crise, des proches qui se sont séparés, des histoires qui ne pouvaient plus se poursuivre, parfois pour de bonnes raisons, parfois aussi sur des coups de tête. Mais vous deux, non !

Pauline se laisse embrasser et esquisse le sourire sollicité par Jean-Michel.

- Allons faire un tour à la pièce d'eau du square. Marc et Mathieu ont organisé une compétition avec les ados du quartier. Ils ont motorisé une maquette de goélette. Si leur réalisation est contestable du point de vue reconstitution historique, ils ont une chance de défendre honorablement leurs couleurs et je ne voudrais pas manquer ça !

Un passage dans l'allée foisonnante de multiples senteurs à l'intention des non-voyants, un détour par l'âne et sa carriole figés dans le bronze préludent à une découverte partielle du parc pour aboutir à la pièce d'eau. Des bateaux à voiles miniatures y régatent sous les exclamations passionnées d'une joyeuse bande d'amateurs.

Dans l'excitation d'une victoire frôlée d'une place, le dîner de crêpes qui suit est animé des récits de tous et débouche fatalement sur la projection des vidéos antillaises.

Les heures ont filé bien vite. Aude a préparé un lit sur le divan de la pièce de séjour. Envahi de coussins ocres et safranés dans la journée, il devient lit d'appoint une fois déshabillé de sa housse d'indienne bigarrée. À l'appui d'une fenêtre grande ouverte sur la fraîcheur qui apaise les toits chauds, elle s'y attarde au côté de Pauline et soupire de bien-être. Les effluves sucrés des pétunias qui ont réussi à s'adapter entre ardoise et zinc les enveloppent. Des croisées voisines proviennent les rumeurs assourdies des émissions de fin de soirée, quelques bribes du tube de l'été, les pleurs d'un bébé… L'indéfinissable respiration du quartier campe la toile de fond sonore des fins de journées citadines.

- Que c'est bon, l'été ! Tu vois, j'aime cette intimité anonyme des bruits du quotidien. J'espère que cela ne t'empêchera pas de dormir, toi qui as l'habitude du silence de ta colline.

Puis, changeant de sujet, elle s'enquiert de l'emploi du temps de leur visiteuse pour le lendemain. Elle lui rappelle, désolée, qu'ils attelleront leur caravane en début d'après-midi pour atteindre Dieppe en fin de journée et embarquer en direction de Newhaven.

Pauline la rassure. Sa prochaine destination est toute trouvée, le Vésinet, chez sa marraine Margot. Non, elle ne l'a pas encore prévenue, mais elle sait qu'elle sera là car elle ne quitte plus guère son pavillon. L'âge a clos le temps des cavalcades chez ses neveux. Dorénavant, elle les attend et les chambres du premier sont toujours prêtes pour les arrivées à l'improviste. Sa petite marraine est restée le havre qu'elle a toujours représenté pour elle.

Le lieu évident du rendez-vous aussi.

JEUDI

Glissements de pieds furtifs, sillage d'eau de toilette au large du divan, puis écoulement d'eau, gargouillis d'une cafetière électrique bientôt suivis de la sonnerie du four à micro-ondes…

L'entrechoquement de vaisselle convainc Pauline que l'heure de réveil convenue est bien sonnée.

Elle passe une tête ébouriffée dans la cuisine pour confirmer qu'elle a reçu le message cinq sur cinq… puis s'emploie à plier ses draps, recouvrir le lit, y disperser les coussins afin de restituer à la pièce de séjour sa destination. Elle entend Jean-Michel siffloter dans le petit couloir et lui en ouvre la porte à l'instant même où il s'apprêtait à frapper. Elle s'amuse de son geste suspendu, de sa surprise, lui colle une bise rapide sur la joue.

- Fais comme chez toi, mon cher ! Je me douche à toute vapeur et je vous rejoins. J'ai une faim de loup !

- Eh, eh, en forme, on dirait ! Je te fais griller tes tartines. Dépêche-toi !

Ah, ces maisons où l'on se sent comme chez soi... A quoi cela tient-il ? Des façons d'être qui nous sont familières ? Un accueil qui ne laisse aucune ambiguïté et nous fait entendre que nous sommes bienvenus ? Un quotidien où notre place va de soi ?

Les cheveux tirebouchonnés par l'humidité, elle renonce à les discipliner et libère rapidement la salle d'eau au profit de Luc, encore imprégné des brumes de sa nuit, et qui sursaute en se trouvant nez-à-nez avec elle.

- 'Jour marraine. T'es comme maman, toi, une bombe dès le matin !

- Prends ton temps, va ! J'ai coutume de ne pas asticoter les ours au réveil. Tout de même pas mal mon nounours-filleul en caleçon, le taquine-t-elle.

Tout en faisant honneur à leur petit-déjeuner, les trois amis échangent sur les projets de leurs nichées, puis sur la participation à la vie associative des Blondel au sein du quartier.

- Le quinzième est un arrondissement assez cosmopolite avec bon nombre de logements sociaux. Nous nous sommes orientés vers des actions se rapportant à nos secteurs professionnels.

- Mes frères et moi participons à une aide aux devoirs mise en place sur le quartier, développe Luc qui s'est attablé entretemps et s'anime tout en avalant ses tartines. On n'est pas fils d'enseignants pour rien, tu vois. C'est justement parce qu'on trouvait de l'aide à la maison, qu'on l'a apportée à nos copains et puis après, avec celle de ces mêmes copains, nous avons pu l'élargir à d'autres. On a des contacts top grâce à ça.

- Ce qu'il y a de très intéressant dans ce que nos fils mettent en place, c'est qu'ils sentent très bien comment s'y prendre. Ils sont encore tout proches des difficultés que rencontrent de petits collégiens pour se débrouiller seuls et organiser leur travail. Néanmoins, comme il fallait s'y attendre, un certain nombre d'enseignants s'en formalisent, remettent leur démarche en question.

- Comme s'ils avaient quelque chose à redire, fanfaronne Luc ! On n'en fait pas une institution, on ne marche pas sur leurs plates-bandes. D'autant qu'il n'y a aucune rémunération à la clé.

- Tu sais bien, mon grand, que le bénévolat peut susciter l'incompréhension et même la méfiance pour amateurisme. Ne vous occupez pas de cela et faites ce que vous pensez juste. S'il faut intervenir plus sérieusement, nous serons présents. Mais ça ne me semble pas d'actualité, vous ne vous débrouillez pas trop mal sans nous !

- L'adjoint au maire s'est engagé à nous recevoir avant la rentrée pour reconduire la mise à disposition d'une salle. Lui au moins a bien compris ce qu'on faisait et pourquoi.

Jean-Michel adresse un sourire et un regard de fierté à son fils :

- C'est quand même ahurissant que nos collègues ne mesurent pas qu'il s'agit surtout de donner confiance à des gamins par rapport à un contexte qui les déroute. Que des aînés prennent du temps avec eux, les gratifient d'un bonjour dans la rue, les appellent par leurs prénoms, cela représente une socialisation efficace dans une grande ville !

- Et vous y prenez part tous les deux ?

- Absolument pas, nous nous l'interdisons. Il faut éviter toute équivoque entre enseignement et aide aux devoirs.

- Eh, maman ! Vous n'êtes pas pépères dans vos pantoufles pour autant !

- Ce n'est pas ce que j'ai dit, Luc. Chacun son domaine. Nous deux, c'est l'alphabétisation des adultes. Intéressant, très touchant par certains côtés, encore qu'il convienne de ne pas trop sortir du rôle de transmetteur. Mieux vaut ne pas verser dans le genre *bonnes œuvres*, tu vois certainement ce que je veux dire. On sauvegarde alors la dignité d'immigrés qui ne sont pas si incultes que voudraient le croire certains. Ils sont d'une autre culture, qui a sa valeur, mais il est incontournable pour se faire une place dans la nôtre qu'ils en maîtrisent le langage oral et écrit. Sans quoi ils dépendront éternellement de leurs proches s'ils en ont, éventuellement d'un ami ou sinon du bon vouloir d'employés des services sociaux.

- Le pacte familial reste de ne pas se laisser déborder ! Les week-ends sont préservés et on s'est fixé un maximum de deux soirées dans la semaine pour les réunions. Mot d'ordre valable pour chacun d'entre nous. N'est-ce pas les garçons ?

- Rien à redire confirment les trois d'une seule voix.

Marc et Mathieu ont déboulé à leur tour. En débardeurs kaki et bermudas, ils semblent prêts à se lancer avec ardeur dans les aventures du jour.

- Indiana-Marc peut commencer à descende les bacs de vêtements et d'épicerie, annonce Aude.

- Et Mathieu-Jones va m'accompagner pour l'ultime nettoyage de la caravane, complète Jean-Michel !

- Et Luc, alors ? s'insurgent les deux volontaires désignés.

- C'est tout trouvé, j'ai besoin d'un esclave pour les derniers rangements ici !

La stratégie du départ en vacances déterminée, le trio échange de grandes bourrades, tandis que les deux amies se réservent encore un tête-à-tête. Pauline enfouit sa trousse de toilette dans son sac de voyage, tire lentement sur la languette de la fermeture éclair, comme à regret.

- J'approche de la fin de « ma semaine » et je sens monter l'appréhension de ce qui va suivre. Je crois que je ne regrette rien, mais j'ai peur.

Aude grimace :

- Allons ma belle, ne te mets pas déjà dans tous tes états ! Je t'avoue que cette dernière nuit j'ai eu bien du mal à m'endormir, en pensant à vous deux. J'ai remué des souvenirs à la pelle. Je suis convaincue que Philippe n'a pas changé. Fondamentalement, je veux dire. Maintiens-le du côté du bonheur. Accroche-toi ! Si Jean-Michel t'a un peu poussée dans tes retranchements hier, c'était pour essayer de situer où étaient tes balises. Philippe est aussi notre ami, un ami très cher, tu comprends ?

- Bien sûr. Du reste, j'avais besoin que vous m'écoutiez en pensant fortement à ce qu'il est pour vous. Si j'avais voulu éviter que vous preniez parti, j'aurais pu ne pas en parler. J'aurais pu biaiser et m'en sortir par une pirouette.

Son rire n'est pas très assuré tandis qu'elle affirme :

- Si vous croyez que je ne suis pas capable de donner dans la comédie, vous vous trompez. Avec certainement moins de talent qu'Anne-Sophie, mais je ne me défends pas si mal ! Ce que vous m'avez donné, c'est de l'espoir. Votre parti pris de confiance en Philippe et en notre couple m'a été extrêmement salutaire, crois-moi. Reste à savoir s'il aura encaissé mon coup de tête…

- Tu ne crois pas qu'il te connaît ? Même s'il a un peu négligé d'être attentif à sa petite Pauline, ça me surprendrait qu'il ait oublié quel pétard elle est parfois !

Interrompue par Marc qui s'interroge sur ce qu'il doit descendre en premier et Luc qui fait vrombir l'aspirateur tous azimuts, Aude entame la descente de l'escalier. Elle s'engage à des retrouvailles avant la rentrée et pourquoi pas en entraînant Anne-Sophie et Aurélie jusqu'à Metz. Quant à Pierre-Henri et Clémence ?... « Ne rêvons pas trop ». Une même moue leur laisse entendre qu'elles partagent à la fois le petit espoir et le même doute sur le sujet...

- Merci d'avoir partagé ces quelques heures avec nous. Et pas question d'en rester là n'est-ce pas ? Embrasse tout ton petit monde et à bientôt !

*

- Pauline ? C'est bien toi ?

Alors qu'elle s'apprête à monter dans sa voiture, une joyeuse interpellation la surprend.

- Florence, quelle surprise !
- Pour moi aussi ! Qu'est-ce qui t'amène ici ?
- Le hasard, mais surtout une visite à des amis qui habitent ce quartier. Et toi, que deviens-tu ? As-tu des attaches dans le quinzième ?

- J'y habite depuis que je suis parisienne, je m'y suis plue et ne l'ai jamais quitté. Il y a un café sympa à deux pas d'ici. Je te propose de s'y offrir un bavardage si tu as le temps. Un petit *couarail* à la Lorraine en plein Paris, ça te dit ?

- Et comment ! Pas question de passer à côté d'une telle opportunité ! Je m'apprêtais à me rendre chez une parente, sans avoir d'horaire précis. Pour tout te dire, je n'ai pas encore prévenu de mon arrivée. Je prolonge mon stationnement et je te suis.

« Arthur et Juliette » l'enseigne de la terrasse où Florence s'installe fait sourire Pauline.

- Bonne adresse pour la maman d'une Juliette !

- C'est un peu ce qui m'attire ici, je le reconnais. Et j'en viens à ce qui me tient au cœur. Je ne te remercierai jamais assez d'avoir été là pour ma fille, l'année dernière[1]. Après la mort de sa grand-mère, elle était tellement révoltée par ce qu'elle considérait comme de la dissimulation et un abandon de ma part que

---

[1] Voir un précédent roman : Au-delà des apparences

je ne pouvais que m'effacer. Une fois encore j'ai dû renoncer à me couler dans le rôle maternel qui aurait pu enfin être le mien. Savoir que Diane ainsi que toute sa famille l'entouraient me réconfortait. Vous avez été la référence de stabilité dont elle avait besoin et toi la seule parole adulte qu'elle acceptait.

- C'était tellement naturel. Juliette fait partie de notre cercle familial, elle est le binôme de Diane, tu le sais bien. La question ne se posait même pas pour nous. Même si… Est-ce que je peux profiter de notre rencontre pour te poser les questions qui me taraudaient et auxquelles je ne trouve pas de réponses. Je n'ai pas vraiment compris que tu te sois complètement déchargée sur madame Régnier de la garde de ton enfant.

- Quand elle est née, j'étais seule, sans aucune famille, épuisée par la grossesse conjuguée avec les révisions du bac, incapable d'envisager l'avenir. On est si jeune à dix-huit ans !

- Oui, je comprends bien qu'à cette époque tu n'avais pas d'autre choix, mais par la suite ? N'as-tu pas envisagé de lui faire une place auprès de toi ? N'y aurait-il pas eu moyen de conjuguer ta vie avec cette petite fille ? Tu t'es privée de bien des joies, tu ne crois pas ?

- J'y ai renoncé, tu veux dire ! Loin de moi l'intention de médire de Mamina. Que serions-nous devenues sans elle ? Elle a été notre bonne fée et a apporté à Juliette les soins et l'amour dont elle avait besoin. Mais elle a toujours fait en sorte que mon désir d'assumer ma fille ne soit pas réalisable. Elle a su me culpabiliser et utiliser mes scrupules pour repousser toujours plus loin la séparation d'avec Juliette. Il était facile d'argumenter que la vie auprès d'elle était paisible et profitable à l'équilibre d'une enfant. Mais c'était tout de même étriqué et hors du temps, non ? Il n'y avait qu'à voir à quel point les tournées d'été passées avec moi lui donnaient des ailes et attisaient sa curiosité et sa débrouillardise. Les comédiennes qui ont des enfants ne sont pas l'exception. Elles sont différemment mais tout autant disponibles que les femmes qui travaillent dans une banque ou à l'usine. Quant au lien génétique avec son fils, tu as certainement constaté qu'il n'a pas plus de résonance chez Juliette que chez Alain. C'est un lien de hasard dont ni l'un ni l'autre n'éprouve le besoin. Et de fil en aiguille, l'échéance d'une existence partagée avec ma fille a été repoussée pour finir par être reléguée aux oubliettes. Des amis m'incitaient à recourir à la voie juridique, mais moi je n'imaginais pas faire vivre cela à ma fille.

- Je suis désolée.
- C'est le passé. Au moins nous sommes-nous retrouvées depuis la représentation à Metz. Pour moi c'est cela qui importe. Tu sais peut-être que Juliette a prévu de m'accompagner au festival de Sarlat ?
- Tu me l'apprends, c'est super !
- Oh oui, mais assez parlé de moi. Donne-moi plutôt des nouvelles de ta tribu.
- En instantané, elle est dispersée et chacun découvre un coin de la planète. Quant à mon mari, il a été contraint d'annuler nos vacances pour raison professionnelle et j'en ai profité pour recontacter des amis.

Ne voulant pas en dire plus, elle enchaîne sur sa découverte du parc Georges Brassens et de la richesse de ce qu'il abrite. Florence embraye avec enthousiasme sur le sujet.

- As-tu remarqué le théâtre Silvia Monfort ? J'y suis encore souvent sur scène, de même qu'au Lucernaire, et la ligne 12 me permet d'aller de l'un à l'autre sans problème. C'est dire si ce coin de Paris me convient bien. Et puis j'adore ce parc qui réserve des endroits tranquilles à ceux qui savent les voir.

- C'était super de passer un instant avec toi, mais l'heure tourne et je ne voudrais pas trop tarder. On se recontacte !

*

Assise devant son volant Pauline s'accorde une longue méditation avant de démarrer. La découverte des chemins choisis ou subis par ses amies, les confidences échangées, la discussion avec Florence, tout ce qu'elle a emmagasiné ces derniers jours tourne en boucle et amplifie ses doutes ainsi que ses exigences. Comment voir clair, être sûre de soi ? Peut-on l'être ou faut-il se résoudre à faire un choix aléatoire ? Assise dans l'habitacle, elle s'abandonne au répit d'un entre-deux. De toute évidence il ne pourra se prolonger. La vie va suivre son cours. Elle y apportera sa contribution en veillant à ne pas altérer l'harmonie de sa famille. À ranimer la flamme de son couple tout en en étant moins dépendante. Pourra-t-elle y parvenir sans s'adonner à ce qu'elle a été jusqu'à présent ? La maman présente sur tous les fronts, l'épouse qui se conjugue à toutes les sauces ? Si elle ne l'avait pas expérimenté, elle serait moins sûre d'en avoir la capacité. Ce qu'elle a en quelque sorte découvert, c'est la satisfaction de se donner le droit de s'approprier ses choix.

Durant les journées écoulées, elle s'est contrainte à ne pas consulter son téléphone portable. Philippe et elle en ont bien sûr intégré l'usage dont ils ne sauraient se passer dans leur vie professionnelle. Mais ils l'ont dès le début considéré comme un transfuge du téléphone fixe que l'on réservait aux urgences et aux conversations importantes. Elle sait qu'il aura fait de même. Elle a confiance dans son respect de la demande qu'elle lui en a faite. Avec les enfants il a de même été entendu que pas de nouvelles signifiait bonnes nouvelles. Ce mantra familial leur libérait l'esprit et évitait de les infantiliser. Mais est-on à l'abri d'un imprévu ? Tout en se reprochant de gamberger, elle se reconnecte, balaye les messages de ses collègues et de ses parents, peu nombreux puisque tous la croient envolée vers la mer Egée. Un seul, envoyé par sa benjamine, l'incite à cliquer. Il s'agit d'une photo d'elle faisant le pitre au milieu d'un groupe hilare. C'était bien la peine de se faire des cheveux blancs à son sujet !

Elle retrouve le chemin suivi tant de fois pour aller au Vésinet. Marraine Margot l'y avait toujours accueillie avec joie, en compagnie de sa sœur d'abord, puis seule lorsqu'elle avait été assez grande pour prendre le train sans être accompagnée. Toujours souriante, adorable et disponible, elle n'était jamais si contente que lorsque l'un ou l'autre apparaissait. Elle débordait d'une tendresse dont l'essentiel destinataire n'était plus de ce monde. La jeune fille amoureuse de 1968 n'avait pas imaginé que le départ de son fiancé pour le Tchad était un adieu. Et le jour où l'annonce insensée l'avait foudroyée, elle n'avait pu y survivre qu'en le gardant présent dans sa vie. « Mort pour la France », cela n'était d'aucun secours pour quelqu'un qui, de surcroît n'avait même pas eu droit au deuil. Elle l'avait porté à sa façon, avec une grandeur touchante. Elle avait perpétué sans rien y changer sa garde-robe et sa coiffure comme si elle était restée perpétuellement prête à l'accueillir. En un curieux amalgame avec l'évolution ambiante, le cours du temps s'était bloqué à la mort de *son André*. C'était touchant sans être figé. Margot aimait la vie et l'avait conjuguée sans heurt avec le maintien du souvenir. Elle avait acquis son indépendance financière grâce à un poste d'attachée de presse, avait mené sa carrière sans l'aide de personne. Elle s'était de tout temps tenue informée de l'actualité, se passionnait pour le cinéma et représentait pour ses neveux et nièces une interlocutrice privilégiée.

Chacun connaissait *son André*, avait l'impression de l'avoir côtoyé et n'aurait pas été surpris s'il s'était encadré un jour dans l'embrasure de la porte du salon pour leur proposer de jouer au Rami ou au Monopoly ! Ceux qui avaient le privilège d'être ses filleuls étaient très enviés par les autres, qui usurpaient l'appellation de marraine, au grand dam des premiers qui estimaient en avoir l'exclusivité. D'un sourire, d'une câlinerie, marraine Margot rassérénait la petite bande de ceux qui l'aimaient tant !

Le Vésinet. Que de souvenirs en abordant l'avenue Georges Clémenceau ! D'abord le grand chêne sur la gauche, les imposantes grilles de fer forgé, les portails somptueux de grandes demeures, les romantiques promenades d'Oakwood et d'Outremont… aussitôt le pied posé hors de la gare, Pauline avait toujours eu l'impression d'arriver en villégiature dans ce paradis de la seconde couronne de Paris. Elle réduit sa vitesse sur la route de Croissy à l'approche de la maison de marraine Margot. Encadrée par les fières propriétés de son voisinage, c'est sans complexe qu'elle dresse son étroite façade de pierres apparentes chapeautée de tuiles rouges. Elle semble s'être ancrée là, un jour de grand vent, après avoir été arrachée à une des rues qui, sur la côte d'Opale, dégringolent vers la plage.

N'aurait-il pas été préférable de téléphoner ? Est-ce bien responsable de s'offrir le plaisir égoïste d'un effet de surprise à l'âge qu'a sa tante ? D'un autre côté, apprécierait-elle d'être traitée différemment du fait de celui-ci ? Pauline stoppe son véhicule devant le muret blanc.

Il n'est plus temps de tergiverser, d'autant que son impatience grandit tandis qu'elle appuie sur le bouton de la sonnette du petit portail. Une silhouette menue apparaît sur le perron.

- Marraine, c'est moi, Pauline !

CHEZ MARRAINE MARGOT

- Si j'ai bien compris, Philippe te rejoint demain. As-tu idée de l'heure à laquelle il pourrait arriver, ma chérie ?

Alerte et gaie, poursuivant leur bavardage tout en s'activant, marraine Margot se dirige vers la cuisine au vieux buffet ventru égayé de petits rideaux à carreaux rouge et blanc. Ils sont identiques à ceux de la fenêtre, resserrés au centre en bobines de diabolo. Que ce décor, déjà désuet dans les années soixante, ait survécu sans qu'Ikéa soit passé par là laisse tous ses visiteurs pantois…

Le couvert a été dressé dans la surprenante salle à manger Art-déco que les enfants de chaque génération ont tous comparée à celle du capitaine Nemo. Pauline termine son assiette de consommé froid. Elle est soulagée de ne pas devoir affronter le regard attentif souligné par le cerclage doré des petites lunettes rondes quand elle répond évasivement :

- Probablement en fin de journée. Il a une charge de travail énorme actuellement. Je serais étonnée qu'il puisse quitter son bureau plus tôt.

Et s'il n'avait pas l'intention de venir, s'il ne prenait pas en considération son interrogation de fond, s'il s'était persuadé n'avoir à faire qu'à un *caprice de bonne femme*, s'il était finalement passé dans le camp des gagneurs, de ceux qui s'accommodent de ces compromissions qui la blessent ? Pourrait-elle alors s'expliquer, trouverait-elle une échappatoire ?

Elle inventerait n'importe quelle histoire fumeuse pour ne pas causer de tourment à la charmante petite tante, elle qui n'a connu que des bribes de bonheur personnel et qui en retire tant de celui que vivent ses proches. Non, pas question de geindre ici, il s'agit de faire diversion.

- Marraine, ce consommé est rafraîchissant et absolument délicieux !

- N'est-ce pas ? Ta grand-tante en prévoyait toujours en été. L'idée m'a semblé bonne.

Le plat suivant est un gratin qu'elle pose précautionneusement sur le dessous-de-plat argenté.

- Aimes-tu toujours les côtes de bettes ?

- Avec ta fameuse sauce à la crème ? Chic alors ! J'avoue ne jamais en préparer. C'est trop long à peler pour sept.

Alors qu'elle repart avec les tasses à potage vides, Pauline tente de la retenir par un pan de son tablier.

- Nous aurions pu dîner à la cuisine, tu sais. Tu cours tout le temps et tu ne me laisses pas t'aider ! Cela aurait été plus simple.

De sa voix douce mais sur un ton catégorique, marraine Margot rétorque :

- Ma petite fille, jamais je n'ai pris un repas à la cuisine ! Cela fait partie de mes règles d'or : ne pas se laisser aller et maintenir un minimum de décorum !

Elle laisse échapper un petit rire espiègle.

- De toute façon, j'ai toujours aimé ce qui rend la vie plus jolie. Et puisque je brode des nappes, autant qu'elles servent à quelque chose. A ce propos, j'ai bien avancé celle dont tu avais aimé le modèle, il faudra que je te la montre tout à l'heure. J'hésite encore sur le motif central.

Tandis que sa tante se penche pour un baiser, l'invariable senteur florale d'Eau de Cologne se dégage. Que de stabilité et de sécurité émanent de cette délicieuse marraine, pense Pauline ! Le monde a beau gronder autour d'elle, le temps de la félicité s'être enfui à peine ébauché, de discrète façon elle n'est que bienveillance aux autres. Jamais elle n'a pesé sur son entourage, toujours prête à écouter, accueillir, réconforter. Voilà d'ailleurs qu'elle s'informe des nouvelles de chacun et n'est pas peu fière de pouvoir lui en rapporter de ses aînés. Après avoir passé la nuit précédant leur envol sous son toit, ils n'ont pas manqué de lui rapporter, chacun à sa manière, leurs premières impressions, Diane par un récit animé, mi-émerveillé, mi-critique sur *l'American way of life*, et Rémi par une carte laconique « Bises. Gratte-ciel sublimes ».

Quelle réconfortante aptitude à positiver ! Jamais un éprouvant « tu pars déjà » lors d'une visite en coup de vent. Ou un acide « tes lettres se font rares » après une traversée de désert épistolaire. Lettres, méls, textos, coups de fils, visites, tout est pleinement apprécié. Avec elle, on se sent aimé en toute liberté d'être soi-même. Si bien que tout le monde revient vers elle, que chacun l'adore et s'ingénie à le lui faire sentir.

« C'est même étonnant de l'avoir trouvée seule » se dit Pauline.

- Luc est venu déjeuner la semaine dernière avec Marianne et la petite Cécile. C'est émouvant de voir ton cousin si attendri par un tout petit ! Sais-tu qu'il est très prévenant vis-à-vis de sa jeune femme ? Dire que la famille s'imaginait ne jamais le voir marié ! Eh bien il met tout bonnement les bouchées doubles. Je peux bien te le dire : un deuxième bébé est attendu pour Noël. Je me réjouis pour eux !

« Et voilà la petite gazette familiale qui commence » sourit Pauline. De fait, sa marraine égrène les nouvelles des uns et des autres. Elle est celle qui colporte les derniers potins, leur tient lieu de trait d'union. Partager un secret lui donne un statut de confidente auquel elle est très attachée et elle en reste dépositaire aussi longtemps qu'on le lui demande ou qu'elle le juge opportun.

A commencer par l'hébergement de ce grand étudiant surgi dans son jardin un fameux mois de juillet dont elle n'avait jamais dit mot. Et surtout pas à son frère, bien trop conformiste à son goût. Gentiment moqueuse, elle disait qu'il avait eu deux bonnes inspirations dans sa vie : épouser une femme qui ne lui ressemblait guère et lui confier sa fille comme filleule !

Qu'ils avaient été formidables ces jours partagés qui leur avaient permis pour la première fois de tout vivre ensemble dès le réveil ! Enfin presque tout... Leur protectrice avait préparé la chambre aux chinoiseries et simplement ajouté « Je peux vous faire confiance, n'est-ce pas ? ». Cela voulait tout dire, c'était discret mais impératif. Et chaque soir, après de longs baisers passionnés qui les laissaient au bord de la déraison, lui s'était ponctuellement couché sous le regard placide d'un bouddha tandis qu'elle rêvait de l'autre côté du couloir sous celui de perroquets moqueurs.

Pauline regarde avec émotion la silhouette menue, si petite et mince qu'on serait porté à lui venir en aide alors qu'elle déploie une énergie que beaucoup lui envient. Elle aime raconter que lorsque *son André* lui avait passé au doigt la marquise qui lui venait de sa famille, il s'était inquiété de voir le diamant pivoter irrémédiablement autour de son annulaire fin comme celui d'une enfant.

Après un délicieux clafoutis de groseilles acidulées qui a clôturé un album-souvenir gustatif, elles sortent un moment dans le petit jardin fleuri. Tandis que sa marraine arrose les rosiers grimpants, les bordures de zinnias et la haie fleurie qui masque le grillage à l'arrière de sa maison, Pauline vogue entre le passé et le présent, portée par la douceur du soir.

- Quand je pense que ma sœur me faisait croire que les gros rochers d'Outremont se transformaient en hippopotames à la nuit tombée ! Je voulais absolument lui prouver que je ne craignais pas d'aller vérifier !

- Vous m'aviez fait une belle peur ! Ce fameux soir, le silence qui régnait à l'étage m'avait mise en alerte. D'ordinaire, vous ne vous endormiez jamais sans de longs papotages, Martine et toi. Je vous avais cherchées en vain dans la maison puis dans le jardin où j'avais découvert la porte grande ouverte. Cela m'avait mise dans tous mes états jusqu'à ce que j'aperçoive deux petites folles en chemises de nuit, cinquante mètres plus loin…

- Je crois que c'est la seule fois où tu te sois vraiment fâchée… Ta maison était un vrai décor à nos jeux, nos trouvailles n'avaient pas de limite. Les vitres bombées de ta petite vitrine devenaient hublots de bathyscaphe et nous nous imaginions sans peine au fond de l'océan… Je ne pense pas me tromper en disant que les cinq ont adopté ces affabulations sans l'ombre d'une hésitation.

- Oui, à ceci près que cela ne me prenait plus au dépourvu, j'étais rodée et j'anticipais alors qu'avec vous deux je n'avais jamais la moindre idée de ce qui allait vous passer par la tête !

Les Gnossiennes d'Erik Satie font naviguer la soirée entre mélancolie et impertinence. Autant dans sa maison et en cuisine, Margot perpétue la tradition familiale, au piano ainsi qu'en matière de spectacles, elle a toujours été fascinée par des répertoires moins conventionnels pour ne pas dire avant-gardistes. Du reste, dans les morceaux que lui font explorer Rémi, Diane, Benjamin et Joséphine, elle tient sa partie avec un remarquable entrain !

A petites gorgées, Pauline vide la tasse qu'elle vient de se verser. Rien ne manque au rituel… Elle se sent gagnée par la lente anesthésie d'heures qui s'écoulent de façon si prévisible. Ponctuellement le carillon annonce le passage des heures, scande la bascule du temps qui abolit le présent pour renouer avec le passé. Doucement, immuablement, irrémédiablement.

Dans la vie de sa tante, les bouleversements sont dépassés, il y a longtemps que les projets n'ont plus d'objet, que les espérances n'atteignent plus ce diapason passionnel qui fait vibrer sa nièce. Tout est déjà arrivé. Les provocations du destin n'ont plus de cible. C'est autre part, au hasard et sans mesure qu'il va mettre ses bâtons dans les roues.

Lors de son passage chez ses amies, Pauline s'est souvent sentie interpellée, chamboulée, prise dans les turbulences des autres ou confrontée aux siennes. Chez Anne-Sophie, il ne fallait pas se fier aux apparences, un feu couvait sur lequel il valait mieux ne pas souffler. Chez Aude, la diversité des caractères Blondel, leurs engagements, le dynamisme des garçons, tout s'orchestrait en harmonie. Les révélations s'enchevêtraient avec ses remises en question. Elle qui avait pris sa semaine pour réfléchir plus sereinement, avait plutôt écopé de quelques paquets de mer !

Ici, elle peut les yeux fermés anticiper chaque instant tel qu'il va se dérouler. L'horloge sonne vingt-deux heures. Marraine va rabattre le couvercle du piano après les dernières mesures des Gymnopédies sur lesquelles elle a enchaîné. Elle va se lever, annoncer son désir de monter se coucher. Elle lui proposera l'un des derniers romans qu'elle a découverts. Elles vérifieront ensemble la fermeture des portes de la maison. Elles graviront l'escalier. Marraine Margot ponctuera son « bonsoir Linette » d'un baiser et prolongera ses souhaits de bonne nuit d'un sourire en repoussant la porte de la grande chambre-boudoir.

Pauline a refermé celle de la chambre aux oiseaux et se laisse choir sur le lit. Elle imagine le Philippe de ses vingt ans de l'autre côté du couloir. Elle se souvient de sa joie infinie d'alors de se savoir aimée par le plus extraordinaire des garçons et de son impatience des lendemains à vivre avec lui. Pour toujours.

Est-ce trop demander de continuer à être accompagnée de l'homme qu'il est maintenant sans être privée de son attention tendre et joyeuse ? Elle relâche l'effort déployé pour donner le change et sombre dans un sommeil cahoteux. Aux accents de la

Danse Macabre, un bataillon de géantes aux yeux vides, outrageusement maquillées, piétinent le jardinet du Vésinet de leurs talons immenses. Philippe s'avance, sanglé dans le costume du capitaine Nemo, les cheveux gominés, le visage buriné, indifférent, hautain, inaccessible. Il passe devant ses enfants alignés comme à la parade sans leur dédier le moindre regard. Il ouvre le passage à une troupe en complets noirs qui s'apprête à charger en chevauchant des hippopotames hennissants…

VENDREDI

Le grincement des persiennes fait émerger Pauline d'une nuit agitée. Vers minuit, elle s'était réveillée en sueur, s'était déshabillée machinalement avec l'espoir de larguer ses cauchemars. Mais à chaque plongée dans l'inconscient, les mêmes faciès ricaneurs, le même terrifiant Philippe revenaient la hanter.

Elle a beau se raisonner, se rappeler que son optimisme lui a toujours fait défaut à l'approche d'échéances importantes, cela ne suffit pas à l'apaiser. Il ne s'agit pas d'examen ou de concours, échouer en bonheur n'a rien à voir, c'est sans commune mesure !

Au cours de sa semaine, elle a tenté le tout pour le tout, en cherchant à retrouver ce qui avait tissé leur histoire. Tout ce qu'elle a vécu, tous ceux qu'elle a rencontrés l'ont ramenée à cet amour. Rien, elle ne peut rien vivre sans qu'il en soit la trame.

Elle entame ce matin une journée sans volte-face. Elle a revendiqué un espace hors des contraintes, a été l'instigatrice d'une recherche de leur vérité. Elle pense avoir traversé franc-jeu sa semaine entre parenthèses. Elle a fait émerger des aspirations personnelles qu'elle ne soupçonnait pas. Cela justifiait-il pour autant de courir le risque de blesser le partenaire de sa vie ?

De ses enthousiasmes, de ses rires, de ses regards, de ses baisers, de ses caresses, Philippe l'a aidée à se construire. Sous ses appréciations comme ses critiques, elle s'est associée à des projets comme elle en a contesté d'autres, est devenue femme puis mère et c'est en fonction de lui qu'elle s'est, au fil des années, affirmée. Elle doit bien se l'avouer, le rôle de la rebelle affranchie ne lui correspond pas vraiment.

En réalité, n'a-t-elle pas agi pour le surprendre, pour renouveler le regard qu'il lui portait ? Pour l'épater en somme, présomptueusement, sans douter de l'attachement profond qu'il lui portait.

Mais s'il avait changé ? Pour vivre à son côté, elle va devoir le faire aussi par rapport à elle-même. C'est en elle qu'il lui revient de trouver cette énergie. Rien ne lui est apparu comme valant la peine de chambouler sa vie. Elle a la certitude d'avoir vécu un bonheur exceptionnel, d'y avoir puisé l'énergie qui l'a conduite à aller toujours de l'avant. Avec les enfants, leur dynamisme, leur complicité, leur tendresse ils sont devenus une famille et il n'y a rien à retrancher. Chacun y a sa place et l'occupe de plus en plus en autonome. Le moment est venu de réviser celle qu'elle accorde à sa propre vie professionnelle, d'y consacrer plus de son temps. Elle en avait jusqu'à présent écarté l'éventualité pour éviter des déplacements qui l'aurait éloignée de chez elle. Elle doit bien le reconnaître, il lui parait soudain bien tentant de partir en reportages. Pourquoi ne pas l'envisager ?

L'heure tourne. L'aspirateur ronronne au rez-de-chaussée. Pour la propriétaire des lieux, cela a toujours été un rituel de début de journée. Son invitée du jour soupçonne que ce soit également le moyen de persuader ses visiteurs de démarrer la leur. Il est temps !

Se préparer pour un rendez-vous sur lequel elle fonde tant d'espoir la rend fébrile. Elle hésite à se composer un personnage qui la rendrait moins vulnérable, histoire de marquer sa détermination. Décidément non, elle n'usera pas d'artifice, ne se camouflera pas. Elle brosse énergiquement ses cheveux, ébouriffe ses boucles, souligne ses yeux d'un trait de crayon, ses pommettes d'une caresse de blush, pulvérise l'indispensable Shalimar avant d'enfiler sa robe rouge. Une tenue qu'il ne connaît pas. Il n'y a pas si longtemps, aucun détail de la toilette de sa femme ne lui échappait...

- Alors, jeune fille, on lambine ce matin ?

Un regard attendri contredit l'apparente critique de sa tante qui l'invite à goûter à la brioche qu'elle vient de sortir du four et à poursuivre le bavardage entamé le jour précédent.

- Avez-vous fait des transformations dans la maison ?

- La maison ? Oh tu sais, rien de bien important. Un coup de peinture dans la pièce de séjour, histoire de lui redonner un air pimpant. Ah si, par contre, la salle de jeux a viré sa cuti.

Et elle raconte que Bénédicte avait déclaré un soir qu'il était temps pour elle de tourner la page de son enfance. Elle avait monté des cartons et passé la journée suivante à y accumuler le fruit des années de passion pour les poupons et les peluches en tous genres.

- Ne me dis pas qu'Am, Stram, Gram…

Et si ! Même les adorables bébés triplés y étaient passés. Seul le *petit câlin*, l'ourson de ses sommeils enfantins avait été épargné et avait mérité de trôner au milieu des coussins éparpillés sur le lit de sa chambre.

Les conciliabules avaient alors commencé entre les enfants sur la destination de l'espace ainsi révélé. Ils avaient passé trois jours à manier scie, marteau, pinceau et machine à coudre. Sur deux des cinq tablettes sur lesquels ils dessinaient des heures durant, ils avaient reproduit des damiers. Avec de la toile à transat, ils avaient confectionné les éléments d'une banquette modulable. Ils avaient monté un meuble à étagères pour y disposer tout un bazar de matériel acoustique. Ils en avaient fait leur antre, leur pièce à complots.

- Rémi n'y a certainement pas été étranger. Il donne vraiment l'impression d'être dans son élément, tu ne trouves pas ? Il m'a dessiné un projet pour le rez-de-chaussée de cette maison. Je vais te montrer. C'est surprenant. Si j'avais le courage de supporter un tel chambardement, je serais vraiment curieuse de le voir réalisé !

Pauline décrypte les modifications qui jaillissent des traits de crayon de son fils. De la lumière, de l'espace, des zones non cloisonnées... Dire que cet étudiant charmeur aura presque convaincu leur tante en trois croquis et un baratin passionné, alors que ses neveux n'ont jamais fait bouger d'un iota ses concepts ! C'est Philippe qui en ferait une tête, si un jour elle venait à passer à l'acte !

- Il faudra que j'en touche un mot à Philippe, l'entend-t-elle conclure.

« Ah, tout de même ! »

Un coup de sonnette introduit sans ambages le monde extérieur dans le calme apparent de ce début de journée.

- Ce doit être la livraison d'épicerie de Prisunic.

Tandis qu'un livreur transporte les cartons jusqu'à la cuisine, Pauline se lève pour jeter un coup d'œil à la fenêtre. Un second véhicule s'est arrêté derrière la fourgonnette, celui d'un fleuriste cette fois.

- Veux-tu aller voir, Linette ?
- Un bouquet à remettre à madame Boissier !

Comment ça madame Boissier ? Pour elle ? Oui, elle est bien madame Boissier, chez mademoiselle Ponnelle. Il n'y a pas d'erreur, elle en est bien la destinataire.

Un bouquet tout frais, dans un emballage crissant lui est collé entre ses mains. Interdite, le cœur battant la chamade, elle referme machinalement la porte. Submergée par l'émotion elle n'ose se formuler sa provenance. Le feu aux joues, les larmes au bord des cils, a-t-elle seulement remercié le livreur bougon ?

Elle ne veut pas trembler en ouvrant l'enveloppe agrafée. Elle ne veut pas pleurer en extrayant le petit carton blanc.

A travers le prisme de ses larmes elle lit :

« Il n'y a pas d'amour perdu »
Ton Don Quichotte

J'attends.

Je n'ai plus qu'une hâte, que cette semaine soit réellement terminée. Je ne regrette pas de l'avoir traversée seule, mais je brûle de refermer cette parenthèse. De le voir. De lui parler.

La pendule scande les heures, ses aiguilles effilées épinglent les chiffres romains en résonance à mes battements de cœur. Rien ne s'opposera à leur progression, à l'ultime épuisement des heures qui m'ont éloignée de Philippe.

Phlox et delphiniums, renoncules et digitales ne relèvent pas d'un choix hasardeux. Il a bien fallu qu'il oriente cet assortiment. Il s'est donc souvenu de ma préférence pour les fleurs qui ont l'air d'avoir été cueillies au hasard d'une promenade. Lui qui ne distingue pas un glaïeul d'un iris…

Le tendre bouquet agrémente la table du repas déjà dressée. Marraine Margot y a apporté des soins particuliers, combinant nappe quadrillée de jours de Venise, fine porcelaine et cristal de Bohême. Quelques coups d'œil plus appuyés que nécessaire, traduisant une tendresse un peu inquiète, m'ont laissé supposer que sa compréhension de la situation allait au-delà de ce que notre conversation traduisait.

Suis-je donc si mauvaise comédienne que je ne sois parvenue à donner le change ? Ou bien son extrême sensibilité lui donne-t-elle des antennes ?

La demie de dix-neuf heures me vrille les nerfs comme des cordes de piano livrées à la clef d'un accordeur novice. Mon reflet me nargue dans l'arrondi de la vitrine. La croix de guerre de l'arrière-grand-père me plaque un monocle sur l'œil gauche tandis que la timbale de l'oncle Joseph s'imbrique entre mes joues me muant en fantoche de foire.

Aura-t-il pu quitter son bureau avant dix-sept heures ? Il ne devrait alors pas tarder…

J'ai besoin d'air. Je sors en catimini, dénoncée au passage de la porte du jardin qui grince à son habitude. Je sursaute comme si j'étais prise en faute. Je presse le pas sur le petit chemin ombragé, en sens inverse de celui qu'il est censé emprunter. Alors que je tremble du désir de le retrouver, j'en recule encore l'issue.

Dis, tu m'écouteras, Philippe ? Tu me laisseras parler sans m'arrêter ? Il faut que je t'explique ce que cette semaine mise entre parenthèses m'a apporté. Il faut que tu saches pourquoi je l'ai fait. Il faut que tu comprennes que j'ai besoin de continuer sans faux-semblants.

Toi qui as su si joliment faire parler les fleurs, dis-moi que tu me choisis. C'est sans conteste avec toi que j'aimerais continuer à vivre. J'admire l'homme que tu es, je rechoisirais tout ce que nous avons traversé, je suis certaine que d'autres projets, d'autres défis n'attendent que nous, que nous serons toujours en mesure de les relever si nous sommes ensemble avec la joie au coeur !

Lentement je me suis retournée.

Je savais que tu me suivais. Je sens toujours quand tu es là.

A grandes enjambées, tu m'as rejointe.

Immobile, incapable d'initiative, serrant les bras en inconscient bouclier, je te regarde. Tu n'as pas eu le temps de passer chez le coiffeur. Est-ce parce que tu sais que j'aime que tes cheveux soient un peu trop longs ? Tu as l'air tellement chamboulé. Je plonge dans tes yeux clairs et je voudrais que cet amour qui me bouleverse soit toujours vrai, qu'il dure, s'éternise...

- C'est toujours aussi long une semaine sans toi.

Tu te penches à peine pour me le dire. Tout s'estompe autour de nous. Je frissonne aux tendres inflexions de ta voix grave. J'ai l'envie folle de croire à cette façon que tu as d'être attentif...

- Tu es venu, tu n'avais pas oublié.
- Tu as sérieusement imaginé que j'aurais pu effacer de ma mémoire ce qui a déterminé ma vie ? Je ne vais pas te mentir. Je t'en ai voulu de me défier comme tu l'as fait. J'étais furieux que tu aies osé me laisser en plan alors que j'avais besoin de toi plus que jamais. Qu'est-ce qui avait bien pu te conduire à cela ? Quelqu'un avait-il fait pression sur toi ? J'étais obsédé par l'hypothèse que tu te détournes de moi, que quelqu'un d'autre ait pu t'attirer... Qui pouvait bien s'être glissé

entre nous sans que je m'en aperçoive ? Il fallait que je casse la gueule à tout olibrius qui s'interposerait entre nous deux !

Ne hausse pas les sourcils et mets-toi un peu à ma place ! J'ai lu et relu ton mail. Tes mots ont pris de plus en plus de sens. Je n'avais pas pris conscience de ton désarroi, du déséquilibre qui s'instaurait dans notre quotidien, de l'envahissement de la sphère professionnelle dans la vie familiale. J'ai commencé à douter de mes choix. Alors si je ne pouvais pas revenir en arrière, il était primordial d'y réfléchir. Sur ce point tu avais raison, même si je t'en voulais toujours de m'avoir laissé tout seul.

J'ai investi totalement mes journées dans mon boulot et n'ai pas réussi à trouver de repos dans les quelques heures de mes nuits. Dans notre maison, tout me parlait de toi, de nous, des enfants, de tout ce qui donnait du sens au passé et en augurait pour l'avenir. Il m'est petit à petit apparu que tu nous avais laissé envahir la tienne et que si un intrus s'y était inséré, il ne devait pas y avoir trouvé beaucoup de place… Je n'en supportais pas l'idée, ce n'était pas ce que je souhaitais. Il était temps que je balaie les doutes, que je te reconquière. Tu es toute ma vie, Pauline, sans toi elle n'a aucun sens ! Je te renouvelle ma demande de ce fameux mois de juillet. Veux-tu bien partager ma route ?

Tu poses doucement tes mains sur mes bras nus. Doucement pour ne pas avoir l'air de prendre possession, mais avec l'intention affichée de me ramener à toi. Lentement je desserre les bras, je ne résiste plus, je tends les mains vers ton visage, je frôle ta bouche du bout des doigts. Tu les emprisonnes dans les tiens et les portes à tes lèvres.

- Je n'ai jamais envisagé de la quitter. Mais j'ai changé, comme tu as changé. Pas en une semaine bien sûr. Simplement cette parenthèse me l'a fait comprendre.

Tu m'écartes un peu de toi et tu me déclares d'un ton badin contredit par le tic charmant qui refait surface lorsque tu es ému.

- A propos, ne t'en fais surtout pas pour le Philippe qui a failli te perdre. J'en fais mon affaire de ce type-là. D'ailleurs on est du même avis. Il faudra qu'on en discute, ma petite folle chérie !

Et m'abandonnant enfin au vertige d'un baiser, je lui avoue dans un souffle :

- Si tu savais comme je t'aime.